# 성 쌓고 남은 돌의 횡설수설

## 築城余石 橫說竪說

국립중앙도서관 출판예정도서목록(CIP)

성 쌓고 남은 돌의 횡설수설 : 김남석 에세이집 / 지은이:

김남석. — 서울 : 선우미디어, 2018

   p. ;   cm

한자표제: 築城余石 橫說竪說

ISBN 978-89-5658-558-1 03810 : ₩12000

한국 현대 수필[韓國現代隨筆]

814.7-KDC6

895.745-DDC23                              CIP2018002036

# 성 쌓고 남은 돌의 횡설수설

1판 1쇄 발행 | 2018년 1월 20일

지은이 | 김남석
발행인 | 이선우
펴낸곳 | 도서출판 선우미디어
　　　　등록 | 1997. 8. 7 제305-2014-000020
　　　　02643 서울시 동대문구 장한로12길 40, 101동 203호
　　　　☎ 2272-3351, 3352 팩스: 2272-5540
　　　　sunwoome@hanmail.net
　　　　Printed in Korea ⓒ 2018. 김남석

값 12,000원

이 도서의 국립중앙도서관 출판예정도서목록(CIP)은 서지정보유통지원시스템
홈페이지(http://seoji.nl.go.kr)와 국가자료공동목록시스템(http://www.nl.go.kr/kolisnet)에서
이용하실 수 있습니다.(CIP제어번호: CIP2018002036)

ISBN 978-89-5658-558-1 03810
ISBN 978-89-5658-559-8 05810(E-PUB)

# 성 쌓고 남은
# 돌의 횡설수설

## 築城余石 橫說竪說

### 김남석 에세이집

선우미디어

# 머리말


식민지 시대에 농촌에서 태어나 조반석죽 배고픔을 겪었다. 농사지은 쌀은 공출로 다 빼앗기고, 기름 짠 콩무거리 대두박을 배급타 먹으니 속이 아렸다.

광복과 건국, 동족상잔의 피비린내 나는 광경을 소년 시절 보았다. 전통적인 농경문화에서 산업화로 이르고 정보화시대를 넘는 과정에는 맡은 소임을 다하려고 애써 보았다. 어언 나이테가 80줄을 넘었다.

광복 후 나라를 세워 걸음마도 힘든 때에 이념으로 물든 자들이 일으킨 동족상잔으로 국토가 황폐화되었다. 그러나 부지런한 민족의 끈기로 세계 10대 경제대국이 되었다. 이렇게 좋은 나라를 세우고 꾸몄는데 왜 건국절建國節 행사가 없는가. 남의 힘으로 찾은 광복만 기념할 것이 아니라, 성대한 건국절 행사를 보고 싶다.

오늘의 풍요가 어떤 경로와 땀과 눈물의 결정체인지 모르는 분과, 발전한 나라 덕분에 편히 자란 자들이 보다 더 큰 이득을 챙기려 아귀다툼하는 세상이 되었다.

지난 세월 삶이 얼룩진 3년간의 동란은 휴전으로 멎었지만 이념 침투는 지속되어, 미소의 너울을 쓰고 자유분위기에 편승해 기를 쓰고 너울거린다. 이제 나에게 남은 것은 대한민국밖에 없는데 왜 이리 소란스러운가.

하계 올림픽과 월드컵 축구를 한 작은 한반도에서 평창 동계올림픽이 개최된다. 그 과정에 삶의 질을 향상시키는 기반시설 투자로 두메산골 길의 넘나듦이 더 좋아질 것이다.

훌훌 다 떨치고, 새로 난 서울~강릉 고속 전철을 타고 백두대간의 긴 터널을 넘어 푸른 동해에 이르면 잡다한 잡념이 사라지리라!

열차에 몸을 맡기고 검푸른 파도로 마음을 씻으며 한반도 남단까지 가면 더 좋으련만, 아직 선로 개설이 덜 되었다.

동해안 철도가 유라시아 철길과 연결되어 조상의 얼 홍익인간의 기풍이 서려 있는 곳을 달려보고 싶은 꿈을 꾼다.

세 번째의 에세이집을 발간 후 모아둔 원고가 몇 편 된다. 버리지 못한 기로자耆老者의 마음의 편린片鱗을 다시 상재上梓한다.

책 출간에 협조한 가족이 고맙고, 원고 오탈자를 교정한 손자 동우의 정을 느끼며, 책을 곱게 만들어준 선우미디어에 감사를 표합니다.

2017년 정유년을 보내면서
춘천 학산가에서 학암 김남석

차례

머리말 ...... 4

## 1부 호송설이 있는 솔향

호송설이 있는 솔향 ...... 12
해옹海翁의 은거지隱居地 ...... 16
도인 송구봉 ...... 20
생불로 추앙받던 한암 선사의 남긴 이야기 ...... 24
범일 국사와 학산 ...... 28
우리 시대 마지막 선비 가시다 ...... 35
내면에 있는 강릉부사 송덕비 ...... 38
산신을 호령한 강릉부사 ...... 43

## 2부 영혼에 기원하는 조율이시

영혼에 기원하는 조율이시 ...... 46
한가위 덕목 ...... 50
M담백 동행기 ...... 53

의연毅然히 살리라 ······ 56

아름다운 생의 마감 ······ 59

사부곡 ······ 63

아버지 영혼이 계신 곳 ······ 65

만년유택 가꾸기 ······ 68

겨울의 꽃 산수유 열매 ······ 71

드디어 갓바위에 오른 대구 나들이 ······ 74


## 3부 노사구의 소정묘 처벌

노사구의 소정묘 처벌 ······ 80

개구멍 통로로 변한 대학교 정문 도로 ······ 84

본전 마작 ······ 88

생기가 감도는 풍물시장 ······ 92

줄 돈을 늦게 주는 상술 ······ 95

기로층의 바른 소리 ······ 99

건국절 행사를 보고 싶다 ······ 102

남북 한반도에서 말 못하는 세 가지 ······ 107

축성여석의 횡설수설 ······ 119

## 4부 그대들 여기 있기에 조국이 있다

그대들 여기 있기에 조국이 있다 ······ 134

전쟁영웅에 대한 기념비가 우뚝 서다 ······ 138

철원평야와 백마고지 ······ 143

누가 승리한 전쟁인가 ······ 147

흥남철수 작전의 결실은 ······ 152

비수구미에 세운 댐 ······ 156

중국의 전승절 ······ 160

삼치의 나라에서 탄핵 ······ 164

## 5부 손글씨 편지 모음

최승순 교수님 ······ 170

신봉승 선배님 ······ 172

최갑규 선배님 ······ 175

박종철 수필가님 ······ 176

안영섭 선배님 ······ 177

김좌기 교장선생님 ······ 180

김진백 원로서예가님 ······ 181

박창고 교수님 ······ 182

김영진 신부님 ······ 184

월북한 가족의 감사편지 ······ 185

광산촌 인연 ······ 186

박종숙 수필가님 ······ 187

엄기원 아동문학연구회 회장님 ······ 190

김경수 검사님 ······ 191

김광섭 선배님 ······ 192

최승순 교수님 ······ 193

최주혁 서예가님 ······ 194

김경실 수필가님 ······ 195

안재진 수필가님 ······ 196

정호돈 강릉문화원 원장님 ······ 201

최장길 서예가님 ······ 202

고하윤 서예가님 ······ 203

전병우 후배님 ······ 204

박동철 선배님 ······ 205

딸 김혜경 ······ 206

둘째사위 한곽희 ······ 208

막내딸 김혜림 ······ 209

손계천 선배님 ······ 210

대통령의 연하장 ······ 211

# 1부

# 호송설이 있는
# 솔향

율곡이 호송설을 작성하게 된 경위는 성산면 금산리 명주군왕 24대손으로 출사하지 않은 선비 임경당 김열金說 가를 방문하였을 시, 김열이 율곡을 보고 '뒤 정산鼎山에 부친이 소나무를 심어 우리 형제 모두 이 집에서 저 소나무를 울타리로 잘 지내고 있는데, 후손들이 온전하게 보존하지 못할까 두려우니 교훈될 만한 몇 마디 써 주면 걸어두고 자손들이 가슴 깊이 새기게 하겠다!'고 하여 이이가 써 준 소나무를 사랑하라는 글이 호송설이다.

# 호송설이 있는 솔향

소나무는 우리나라의 대표 수종이다. 소나무의 고장은 강원도이다. 그중 영동지방의 소나무가 으뜸이다. 도로변의 소나무를 보면 강원도 소나무가 훨씬 좋아 보인다. 대관령을 넘어 영동에 이르면 나무줄기는 주황색 윤기가 흐르고 잎이 더 진녹색으로 생기가 감돈다.

식민지 시대 우리 영토의 모든 가치 있는 것을 수탈해 갈 때, 일본제국주의는 강원도의 좋은 적송赤松과 경북 봉화 춘양목을 벌채해 일본으로 수없이 가져감으로 산야를 헐벗게 했다.

영동지방의 소나무는 옛적부터 식목해 기른 기록이 많이 있다. 고려 충숙왕 때 공주가 강릉 최문한 공에게 시집 올 적에 소나무를 8그루를 가져와 심어 송정이 되었다는 고사도 있다. 조선조 초엽 파관 해직된 한급韓汲 목사가 재직 시 옥천 남북으로 늘어선 12 기와집이 하룻밤에 소실되어 강릉 토호의 삶의 터전이 망가지고, 지금의 강릉고등학교 부근은 남대천 본류 물이 흐르던 넓은 하천의 수로가 변경됐다. 강릉 남대천은 화부산 마지막 줄기인 도토리산 밑으로 돌아 북쪽으로 흘러 강문 바다로 들어가던 하천이다. 이런 묘한 강릉 수구를 질투해 우회하는 본류 하천을 폐하고 지선을 확장해 안목으로 직선화했다고 구전한다. 그런 지형 변경으로 안목 일명 견소도 섬은 육지화했다. 본류 하천이 점유했던 넓은 지역을 식목하여 울창한 소나무 숲이 되었다. 그 숲속에 강릉교육대학이 있다가 강릉고등학교로 이어졌다. 강릉고등학교 교정에는 율곡 이이의 호송설護松說 비를 남 모 교장이 건립했다.

율곡(1536.12.26−1584.1.16)이 호송설을 작성하게 된 경위는 강릉시 성산면 금산리 명주군왕 24대손으로 출사하지 않은 선비 임경당 김열 가를 방문하였을 시, 김열이 율곡을 보고 '뒤 정산鼎山에 부친이 소나무를 심어 우리 형제 모두 이 집에서 저 소나무를 울타리로 잘 지내고 있는데, 후손들이 온전하게 보존하지 못할까 두려우니 교훈될 만한 몇 마디 써 주면 걸어두고 자손들이 가슴 깊이 새기게 하겠다!'고 하여 이이가 써준 소나무를 사랑하라는 글이 호송설이다.

호송설 내용 중에는 '아버지가 돌아가신 후 그 서책을 차마 읽지 못함은 손때가 묻어 있기 때문이고, 선조의 물건에 대하여는 토막 난 지팡이나 신짝이라 하더라도 오히려 귀중하게 간수하고 공경할진대 하물며 손수 심은 집 주변의 수목은 더 잘 보호해야 할 것이 아닌가!'의 뜻이 담겨 있다.

소나무는 우리와 삶을 같이 했다. 나는 역사적 전통 마을 강릉

학산리 장안성長安城 동대東臺 골에서 태어났다. 학생시절 무더운 날은 답답한 방에서 벗어나, 집 뒤 큰 소나무 밑이 나의 노니는 곳이고, 삼국지 등 재미있는 책을 읽은 장소였다. 또 애국가에는 '남산 위에 저 소나무 철갑을 두른 듯'이라고 표현해 우리 정서에 가장 친숙하고 정다운 나무다.

북악산 아래 도읍을 정한 조선조는 태조 때부터 경사스러움을 이끌어 온다는 뜻을 가진 인경산을 남산으로 불렀고, 서울의 안산으로 울창했다. 그 아름다운 남산의 중턱까지 근세에 훼손되었다. 다행히 1990년도 초 남산에 있던 정부기관과 주공외국인 아파트와 개인주택 등 수많은 건물을 철거하고 소나무를 심고, 녹지대로 복원했다.

남산을 복원할 때 각도의 소나무를 옮겨 심었다. 나무 형태 줄기의 빛깔 등 군계일학의 나무가 강원도 소나무이다. 강원도가 자랑하는 소나무는 적송이다. 적송은 붉은색 윤기가 나며, 송진으로 속 재질이 채워졌기 때문이다.

강원도 적송은 우리의 문화재를 복원할 때는 제일 먼저 찾는 나무다. 굵고 곧으며 송진으로 육질이 다져진 향긋한 적송은 문화재 복원에 중요한 자재이며, 일명 황장목으로 부른다. 그래서 황장목을 함부로 벌채하지 말라는 옛 금표비가 울창한 소나무 숲이 있는 여러 곳에 세워져 있다.

굵고 큰 장목만이 좋은 것이 아니다. 굽고 휘고 꼬부라지며 퍼진 것은 관상목으로 더없이 좋다. 그래서인지, 별별 구실을 달아

굴착된 소나무가 수없이 수도권으로 운반된다.

채취당한 소나무는 아프다. 돈 있는 건물과 호화주택 주변의 관상목 소나무는 외양이 애처롭다. 차량이 넘쳐나는 도시의 가로에 옮겨 심겨진 소나무는 공해를 먹으며 울고 있다. 겨울 혹한기에 보다 햇빛을 더 받도록 해야 하는 도로 가로수로 낙엽수가 아닌 상록수 소나무를 옮겨 심은 행태는 절로 헛기침이 나게 한다.

기후 온난화로 소나무의 삶의 터전도 점점 작아지고 있다. 소나무에 치명적 재선충도 생겼다. 당국에서는 재선충 방지에 최선을 다하기 바란다. 생태계의 보존과 보호를 위해서도 수목이 자연에 있는 그대로 생육하도록 보살피자.

적송은 백두대간의 산록 강릉지역 곳곳에 많이 자라고 있다. 보물 적송을 자식같이 생각하고 보살폈으면 한다.

남규호 교장이 최승준 교수의 감수로 강릉고등학교 교정에 설립한 호송설 비

# 해옹海翁의 은거지隱居地

윤선도 님이 머무르던 유적지를 보기 위해 보길도甫吉島로 가는 배를 탔다. 아침 7시 땅끝 항에서 출항하는 배 '뉴 장보고'함, 승객은 몇 안 되고 배를 타는 차량이 더 많은 기분이다. 승용차와 버스, 적재물을 가득 실은 대형 화물차량 여러 대가 승선했다. 출항지는 전남 해남군 땅끝 항구, 30분간 해맑은 일출 자연을 가슴에 안고 잔잔한 바다 길을 달려 완도군 노화도 산양 선착장에 도착했다.

노화도에서 작은 섬 장재도를 지나 보길도로 연결하는 아치형 보길대교를 통과해 보길면 중심지에 위치한 고산이 은거하던 부용마을에 이르렀다. 부용동에서 주변 산천을 둘러보니 섬이라고 하기보다 육지의 깊은 산중의 조용하고 편안한 거주지 같았다.

고산은 경기도 양주에서 출생해 강원관찰사를 한 큰아버지 윤유기尹唯幾의 양아들로 입양, 전라도 해남에서 자랐으며 등과 후 여러 요직을 거치면서 예송 논쟁시 남인의 대표 논객으로 서인들의 질시로 유배되는 등 도합 20년간 유배 생활을 했다.

병자호란 때는 난을 피해 가솔을 거느리고 제주도로 가려다가 보길도 경관에 매료되어 부용동에 낙서재樂書齋를 짓고 시문을 즐기며 10여 년간 은거하다가, 장기간의 유배 후 81세에 석방되어 1671년 84세에 영면한 곳이다.

국문학 시가의 쌍벽인 분이 송강 정철과 고산 윤선도라고 한다면, 정철은 강원관찰사로 발령을 받고 부임지에서 금강산과 관동팔경을 구경하고 불후의 명작 <관동별곡>을 한문 시대에 한글 가사로 창작해 남김으로 한글의 품격을 승화시켰다.

윤선도가 보길도를 배경으로 한 <어부사시사漁父四時詞 >40수와 자연과 더불어 사는 인간의 의연한 심성을 <오우가五友歌>로, 또 많은 명 시조를 남긴 것은 어부와 더불어 사는 섬, 내륙의 깊은 산중에 버금가는 조용한 부용동에 은거하며 산수와 하나되고 동화된 생활을 하였으므로 창작할 수 있던 것이 아닐까. 송강이 가사문학으로 승화한 한글을 고산의 시문으로 더 깊고 넓게 지평을 넓혔다는 후세 학자들의 평이 가슴에 닿는다.

윤선도의 호는 고산孤山과 해옹海翁이다. 고산은 고향 출생지와 관련된 호인 듯하다. 보길도의 자연을 보고 <어부사시사> 40수의 시조를 생각하면 '고산'보다는 '해옹'이란 호가 선생을 기리기에 더 적절하다고 생각된다.

해옹이 머무르던 낙서재는 433m의 격자봉格紫峰 아래 아담한 암반을 뒤에 두고, 터를 직접 잡아 지으셨다고 한다. 그 암반에 올라서 터전을 보며, 병풍같이 둘러진 아산案山과 4방에 둘러선

지형을 보니 풍수를 모르는 나의 눈에도 천하의 피난처요 길지吉地 같이 보인다. 선생은 조선조 도읍지를 정할 때의 무학無學대사 다음 가는 제2의 무학이란 말이 실감이 난다.

> 내 벗이 몇인가 하니 수석水石과 송죽松竹이라
> 동산에 달月 오르니 긔 더욱 반갑고야
> 두어라, 이 다섯밖에 또 더하야 무엇하리!

오우가 첫 장을 뇌어보며, 이익과 세월에 따라 변하고 속이는 인간을 멀리하고, 수석 송죽 달과 같이 자연과 더불어 사시려고 한 대국문학자의 가사 창작 당시의 심상을 상상해 본다.

안내문에는 낙서재는 초가삼간으로 되어 있으나, 지금은 당국에서 투자해서인지 현대식 기와집으로 잘 보존되고 있다. 또 전통적 정원을 갖춘 연회장인 세연장, 부용동 최고 명승지라고 한 동천석실, 아들과 관련된 곡수당 등 여러 시설이 있다.

섬 하면 좁고 작은 지역으로 생각할 것이다. 그러나 주요도로가 편도 1차선으로 포장되었고 전기가 가설되었으며, 섬 내에는 초등, 중등, 고등학교(노화도에 있음)까지 차량으로 도로를 달리면서 볼 수 있는 거대한 섬이다.

보길도 주변을 차를 이용, 서쪽으로 일주하며 절묘한 자연경관과 공룡알 해변을 볼 수 있다. 동쪽으로 난 차도로 관광하면 해용

해옹의 은거지를 방문한 일행(필자 가운데)

과 예송 논쟁의 정적인 송시열이 1689년 제주도 귀양길에 풍랑으로 상륙, 참담한 심경을 시로 남긴 암석 '글쓴바위'가 중리 은모래 해변을 지나 백도 마을 동쪽 해변에 있다. 같은 지역에 두 분의 유적이 있는 것은 '상복 착용 기간이 1년인가 3년인가의 예송 논쟁'은 근세 800년 동양 이기理氣 철학의 기둥이 된 송나라 주자 철학의 지엽枝葉에 지나지 아니한 흘러간 유물이니, 내세라도 두 분이 나라 위해 화목하란 조화신造化神이 만든 기연奇緣일까.

　해옹이 제주도로 가려다가 보길도 자연경관에 매료되어 머무르며 불후의 시사詩詞를 남긴 인연이 보길도를 관광지로 더욱 빛나게 하고 있다.

(2013. 11)

# 도인 송구봉

항간의 야사를 기록한 데를 보면 '임진왜란의 정란靖亂 책임을 최풍헌이 맡았으면 사흘에 지나지 않고, 진묵이 맡았으면 석 달을 넘기지 않고, 송구봉이 맡았으며 여덟 달 만에 끝났으리라'라고 기록되어 있다.

최풍헌은 어떤 인물인가? 도가의 인물인데, 선조대왕이 임란 시 만났으나 그가 허황하다고 중용하지 않았다고 한다.

진묵대사는 불가의 인물로 웅장한 한시(붙임 참조)를 남긴 것으로 보아 도량이 크나 만인의 마음을 구제하는 불사에만 전념하셨다. '신라 문성왕 때 부여 만수산 무량사를 범일 국사가 창건했고, 임진왜란에 소실된 것을 진묵대사가 중창했다'고 무량사 안내판에 기록되어 있다.

송구봉은 조선조 중종 때 1584년에 경기도 파주에서 송사련의 아들로 태어났다. 아버지가 안처겸이 모반을 도모했다고 무고함으로 신사무옥辛巳誣獄을 일으킨 것이 후일 밝혀져 아버지의 관직은 삭탈 당하고, 천민이 되었다. 25세 때 이이와 같이 대과에 응시하였지만 서출이라고, 사관 이해수에 의해 응시 자격이 박탈되었다. 또 아버지의 무고 행위 여파로 도피생활을 해야 했다.

그러나 탁월한 인물로 실천을 중요시하는 성리학에 조예가 깊어 이이 율곡, 송강 정철, 우계 성훈의 외우畏友로 깊은 교류를 했다. 또 이이와 성훈과의 교분으로 당쟁에 휩싸여 고향을 떠나 산수를 따라 유랑생활을 한 분이다.

구봉이 이율곡에게 '무릇 아직 동動하지 않은 것은 성性이고 이미 동한 것은 정情입니다, 아직 동하지 않은 것과 이미 동한 것을 포괄하는 것이 심心이라고 생각합니다'는 성리학의 의견을 서신으로 주고받은 것이 남아 있다.

구봉은 세인이 존경했던 인물이다. 서인西人의 지도자 김장생과 송시열의 스승으로 조선 후기에 정신적 지주역할을 한 인물이다. 혹 학자는 조선 후기의 정신적 왕이라고 높이 평한다.

〈足不足〉이란 송구봉의 칠언고시 첫 부분 일부를 본다.


君子如何 長自足　군자는 어찌하여 늘 스스로 만족하고,
小人如何 長不足　소인은 어찌하여 늘 족하지 아니한가.
不足之足 每有餘　부족하나 만족하면 늘 남음이 있고,
足而不足 常不足　족한데도 부족해하면 언제나 부족하네!
樂在有餘 無不足　즐거움이 넉넉함에 있으면 족하지 않음 없지만,
憂在不足 何時足　근심이 부족함에 있으면 언제나 만족할까!
(40구절 중 첫 부분)

이 시는 족足자운을 되풀이 사용하며 자기의 인생철학을 승화하여 표현한 심오한 시로, 나는 <족부족> 시의 세 번째 구절 '부족지족 매유여'란 구절을 보고 이 시집을 가까이 하게 되었다.

그의 시는 서정적인 시보다 도학에 뿌리를 둔 부분이 돋보인다고 송구봉 시 연구가는 평한다.

구봉은 천민으로 전락한 자기의 신분과 곤궁을 오직 천명으로 여기고 현실을 극복 승화하는 과정에서 위에 수록한 <족부족>이란 명시를 포함한 오언율시五言律詩와 칠언절구七言絕句, 오언五言 고시, 사언四言 고시古詩 등등 많은 작품을 남기게 된 것이 아닌가 생각한다.

구봉은 7세 때 '산속 초가집에 달빛 어른거리네 : 山家茅屋 月參差산가모옥 월참차'라는 한시를 지어 주위를 놀라게 하였다 하며, 20세에 이산해 최창경 백광홍 등과 같이 당대의 8문장가로 알려진 인물이다.

구봉 송익필은 학문으로 조선 예학의 씨를 뿌린 분으로 '직直과 예禮를 강조했다고 한다. 사상가 시인 책략가로 조선의 제갈량이라고 서기徐起는 평했다.

또 많은 야사의 주인공이다. 이순신 장군과는 거북선 모형을 알려주었다는 이야기, 선조대왕과는 이이 율곡의 안내로 대면하였으나 눈빛이 너무 형형하여 왕이 놀라 기용하지 않았다는 이야기다. 이여송이 조선 국왕의 자리를 넘보는 야심을 알고 어린 동자를 시켜 데리고 와서, 기백으로 눌러 야심을 버리게 했다는 이야기도 있다.

또 구봉이 천민이라며 멸시하는 동생을 보고 양반인 형이 동생에게 안부편지를 써 구봉에 전하고 오라고 했더니, 동생은 그 편지를 가지고 구봉가에 임해 '여봐라' 하고 소리쳤으나 빨리 나오지 않는다고 마당에 들어가며 불쾌한 마음을 가지고 있었다. 하지만 동생은 방에서 나오는 구봉의 눈빛과 기백에 놀라 뜰아래에서 엎드려 절하고 편지를 전하고, 형에게 구봉을 보는 순간 오금이 저리고 떨렸다고 하였다.

구봉은 유랑생활 중 66세 때 사망, 현 당진군 당진읍 원당리 성주산 기슭에 묘가 있다. 그가 죽은 후 150년 만에 인조 28년(1752)에 충청도 관찰사 홍계희가 포증褒贈을 청하여 통덕랑 사헌부지평으로 추증되고, 그 후 순종 4년(1910) 문경이란 시호가 내려지고, 홍문관 제학으로 추증되었다.

송구봉은 은인자중한 군자君子이다. 나는 송구봉 시 전집을 읽으며, 그는 진정 도인道人라는 생각이다.


*붙임 : 진묵대사震默大師의 시

天衾地席山爲枕 하늘을 이불로 땅을 잠자리로 산을 베개 삼아
月燭雲屏海作樽 달을 촛불로 구름을 평풍으로 바다를 술통으로
하여
大醉居然 仍起舞 크게 취하여 혼연히 일어나 춤을 추니
却嫌長袖 掛崑崙 행여 긴 옷소매 곤륜산에 걸릴까 염려되는구나

(2015.)

# 생불로 추앙받던 한암 선사의 남긴 이야기

일제 식민지 시대, 서슬이 시퍼런 미나미南次郞 총독이 조계종 정종인 한암漢巖 스님을 서울에서 만나자고 하자 '만나고 싶으면 오대산 상원사로 오라!'고 하여 상경을 거절하였던, 한암 스님은 당시 주변에서 생불로 추앙받았다.

스님이 하루아침 조반을 드시다가 크게 웃으신다. 좌중 누가 감히 근엄하신 스님이 웃는 이유를 물을 수 있는가.

스님은 '지금 하진부에 송아지가 났는데 그 주인이 태어난 송아지를 보고 그놈 한암 닮았다'고 하였다 하시었다. 그 후 상좌가 하진부에 가서 확인하니, 그 시각 송아지 출생한 집이 있으며, 그 주인이 새로 난 송아지를 보고 '한암 닮았다'고 말한 사실을 확인했다는 말이 세간에 널리 전해졌다. 영이 맑으면 수십 리 밖의 이야기도 듣는 것인가.

한암 스님의 수제자는 탄허 스님이다. 탄허는 전북 김제 출신으로 유교와 도교의 경전을 다 섭렵한 분이었다. 부족한 무엇인가

채우려고, 한암 스님에 편지를 올리고, 한암 대사의 답신을 받은 다음 22세 때, 자식을 둔 박학다식한 유학자가 '불교를 깨우치는 데 3년 길어야 10년이란 각오로' 머리를 깎고 오대산에 상원사를 찾아 갔으나 주위에서 서성거리고 있었다.

이때 승방의 문이 열리며 '이놈, 여기까지 왔으면 들어 올 것이지 나를 시험하려 하느냐!'라고 한암 선사가 호통을 치신다. 그래서 탄허는 한암 선사의 방에 들어가 큰절을 하고 난 후 한암의 수제자가 되신 분이다.

스님은 방밖에 어떤 인기척을 창문을 열지 않고도 감지하는가.

6·25동란 직전 이야기다. 오대산을 이북 집단에서 해방산解放山이라고 불렀다. 오대산을 통해, 10여 차례에 걸쳐 대한민국을 전복할 게릴라를 남파 북상하는 과정에 숱한 공비토벌로 오대산 주변은 늘 소란했다.

수제자 탄허 스님은 세상이 수상하다고 한암 선사에게 피신할 것을 제안하였다. 그러나 한암 선사는 미동도 하지 않고 아무런 의사표시도 하지 않았다. 그리고 수일 후, 심상찮은 세상을 직감한 탄허는 또 다시 한암 선사에게 가서 '모든 좌중을 다 죽이실 것이냐!'고 항의조로 건의를 했다.

두 번째의 탄허의 건의를 들으신 한암 대선사는 비로소 '탄허는 아직 불교계에 알려지지 않았으니 너의 이름으로는 안 될 터이니, 바로 양산 통도사에 가서 내가(한암) 온다고 하여, 암자 하나를 비워 달라'고 명하셨다.

탄허는 큰스님의 허가를 받고, 출발해 양산 통도사에 임했다. 한암 대사가 오신다며 암자 하나를 비워 달라고 하니, 통도사에서는 '한암 대사가 오신다면 통도사 본사도 비워 드릴 터인데 암자 하나가 문제냐고. 마음에 드는 암자를 고르라'는 대답을 듣고, 하룻밤을 자고 나니 6·25동란이 발발했다.

나라 안에 유명 사찰이 많다. 그러나 한암 대사는 양산 통도사를 지명하셨다. 양산이 어디인가 바로 부산 북쪽이다. 대구 부산의 작은 영토만이 남은, 동란 전시 상황을 미리 아셨으니 감탄할 일이다. 대 사찰 중 오직 통도사만이 유일하게 안전한 곳이었다. 그래서 탄허 스님은 수세의 방어전 기간 통도사 암자에서 시종 스님과 같이 피난하셨다고 한다.

위 이야기는 강원대학교 원로 국문학자 최승순 교수가 탄허 스님과 삼척 영은사의 뒤 암자 방에 월여 간 같이 기거할 때 탄허 스님이 최 교수에 들려준 말씀이다. 한암 문도들이 만든 <한암일발록漢巖一鉢錄>에도 없는 이야기다.

6·25동란 발생 직후, 스님이 계시는 상원사 아래 주민들이 전쟁이 났는데 어떻게 해야 사느냐고 한암 스님을 찾아가 물었다. 스님은 '정심을 먹으면 산다.'고 했다. 주민들은 아침 점심하는 밥인 줄 알고 점심을 어떻게 먹느냐고 하니, 되도록 많이 먹으라고 답했다. 스님은 바른 마음 정심正心을 선문답으로 알려주었다. 인공 치하 3개월 동안 사특한 마음을 갖고 부역하며 날뛴 자들은 정심을 저버렸기 때문에 수복 후 큰 수난을 당했다.

1951년 1·4후퇴 시, 국군은 적군이 와서 이용할 건물을 소각하는 청야작전을 전개하여 오대산 월정사가 소실되었다. 상원사는 한암 선사가 장삼과 가사를 입으시고 법당에 앉아서 국군 장교에게 이제는 불을 지르라고 하니, 국군 장교(김규남 대위)는 스님의 기개에 감탄하여 법당의 문짝만을 떼어 불 지르고 하산했다.─(이 내용 일부는 나의 세 번째 수필집에 발표했다.)

그리고 두 달 후 상원사에 계시던 대사는 가볍게 앓고 있었다. 1951년 3월 22일(음력 2월 14일) 불편한 지 7일째 되는 날, 아침 죽 한 그릇과 차 한 잔을 마시고, 손가락을 곱으며 '오늘이 음력으로 2월 14일이지' 하고 사시에(10시) 장삼과 가사를 찾아 입으시고 선상禪床에 단정히 앉아 태연한 자세로 앉아서 입적하였다. 상원사로 오신 지 27년, 세수 75세요, 법납 54년이었다. 이것은 한암 일발록에 기록되어 있다.

이것도 대사님은 영면하시는 시각을 아시고, 가사와 장삼을 입고 앉아서 입적하신 것이다.

봉은사 조실로 계시다가 '차라리 천고에 자취를 감춘 학이 될지언정 춘삼월에 말자하는 앵무새 재주는 배우지 않겠다!'고 식민지 시대 1925년 오대산 상원사로 오신 후 산문밖에 나가지 않겠다고 하신 말씀을 27년 동안 지키시고 영면하신 것이다. 참으로 놀랍지 않은가.

# 범일 국사와 학산

　백제의 마지막 수도 부여를 관광하다 만수산 무량사萬水山無量寺를 방문했다. 안내문에는 범일 국사가 창건하고 임진왜란에 소실된 것을 진묵 대사가 중창했다고 기록되어 있다. 범일국사梵日國師하면 나의 마음에 닿는 것이 있다.

　범일국사는 810년 강릉시 구정면 학산리에서 태어났다. 학산은 나의 출생지이다. 나와는 같은 마을에서 1126년의 시차다. 그의 어머니가 샘물에 물 길러 갔다가 바가지에 해日가 잠긴 물을 마시고 13개월 만에 태어났다는 신비한 탄생 설화가 있다.

　범일의 아버지는 신라 왕권 경쟁에서 밀리어 강릉에 온 명주군왕 김주원 공 후손 명주도독 김원술이며, 어머니는 호족출신 문씨이다. 서기 810년 현덕왕 2년 정월에 출생, 15세에 출가, 20세에 경주에서 구족계具足戒을 받고 831년 입당 선종禪宗을 계승하고, 847년 16년 만에 귀국하셨다. 851년에 당시 명주도독의 요청으로 학산의 굴산사의 주지로 와서 40년간 굴산사를 크게 번창시

키고, 영동지방에 선불교를 펼친 큰스
님이시다.

그러면 문성왕 9년에 귀국하고 굴산
사로 오신 해가 13년이니 4년 사이에
부여의 만수산 무량사를 창건하신 것이
다.

무량사와 굴산사는 동질성이 있다.
평편한 마을과 연결된 위편, 하천가에
산을 등진 출생지 학산의 산세와 유사
한 곳에 터를 잡은 것이 동질성이다.

범일국사의 젊었을 때 진영

스님의 명칭에 국사란 관명사가 붙는 것은 871년 경문왕이,
880년 헌강왕이, 887년 정강왕이 국사로 초치하여도, 주원공의
왕위 계승권을 찬탈한 38대 원성왕(경신공) 계열의 불경 중심의
왕실 불교에 출사하지 않고, 주원공 명주군왕의 근거지에서 부처
님의 본래의 가르침의 의미를 전하는 선종을 그게 번창시키어서
신라 말 9산선문의 도굴산 굴산사闍崛山崛山寺를 영동지방에서 크
게 번창시킨 스님이다.

나는 불교에 문외한이나 학산에서 태어나 구전하는 굴산사에
관한 역사를 집안 한학자 어른들게 많이 들었고, 불교의 흔적을
보고 자랐다. 그래서 수필로 굴산사지에 관한 글을 수편 써 발표
하였다. 2002년 8월 31일 지하에서 잠자던 굴산사 터가 태풍 루
사로 강릉지방이 크게 수해 피해를 입었을 때 나타났다. '태풍 루

사가 발굴한 굴산사지'란 제목으로 강원일보에 2002년 9월 발표하고, 나의 첫수필집 『순라꾼의 넋두리』에 2005년에 수록되었다. 관계 당국에서 그 후 굴산사지를 발굴해 사적지 448호로 지정하였다.

도굴산 굴산사인가 사굴산 굴산사인가 호칭에 혼란이 있다. 한자를 읽는 문제다. 같은 한자 闍는 성문층대도, 화장할 사로 읽는다. 사찰이 있던 위치에서 주변을 살피면 답이 나온다. 굴산사는 배산 임수의 평지에 지었다. 법당 뒤 산의 마지막 자락에 유별나게 큰 바위가 산혈로 뭉쳐 우뚝 섰다. 그 바위에 천년 노송이 묵묵히 흘러간 역사를 가슴에 안고 서 있다. 노송에 이르는 지형을 따라 가려면 돌층대 같은 돌 경사지를 거쳐야 된다. 그래서 나는 성문층대도로 읽어 도굴산 굴산사로 명칭이 통일되어야 한다고 주장한다. 굴산사란 명칭도 사찰 뒤 마지막 산혈이 뭉친 바위 형체에 의해 명명하였으리라 생각한다.

김시습 金時習(좌)
보물 제1497호
조선전기, 비단에 색
71.8×48.1㎝
불교중앙박물관
무량사 기탁

범일 梵日國師(우)
강원도유형문화재
제140호
1788년, 비단에 색
94.5×63.0㎝
월정사 성보박물관

굴 자도 근래의 출판물에 掘, 崛로 제각각이나, 崛자가 정답이다. 고려시대에 전국을 다니며 불멸의 명시를 남긴 노봉老峰 김극기金克己는 굴산사에 임하여 보고, '동해어룡도 놀란다는 굴산사 종'에 관한 시를 남겼다. 그 시에도 굴산사崛山寺이고 삼국유사를 쓴 일연의 글에도 굴산사崛山寺이다. 2013년 굴산사지 2차 발굴조사 시 崛山寺와 屈山寺란 기와가 발견되었다. 그러므로 약자가 아닌 崛山寺가 바른 이름이다.

웅장한 굴산사의 위용을 말하는 고려 명종대의 김국기의 굴산종이란 시로 찬미한 웅대한 사찰이 없어진 사유가 명주의 역사지인 임형지에도 없다. 새 왕조 집권세력이 같은 마을 장안성에 유폐되었던 고려 우왕의 비호세력을 없애기 위해, 대 사찰 굴산사를 방화 소실시켜 승려를 흩어지게 한 후, 우왕에 사약을 먹게 하였다고 한다. 태풍 루사에 의해 개량주택 터전 하에 잠자던 사찰의 터가 나타났을 때, 불 먹은 암석으로 소실이 입증된다는 것을 나의 두 번째 수필집 『직승기가 구한 인생』(2007년판)에 졸필로 표현한 적이 있다.

부여의 무량사는 임란에 소실되었던 것을 진묵대사가 복원하였는데, 영동의 대 사찰, 9산선문에 으뜸이던 굴산사가 없어진 사유도 기록상 남은 데 없지만, 왜 다시 복원되지 않았을까? 이는 집권세력, 조선건국의 정치세력이 고려조의 흔적을 없애기 위해 의도적으로 소실시킨 사찰이 숭유억불崇儒抑佛의 시절에 복원할 수 있었겠는가. 복원되지 못한 것도, 없어진 사유가 기록에 없는 것도 당연한 새 시대의 흐름이라고 생각한다.

매월당 김시습이 말년에 무량사에 기거하다가 사망하였고, 그의 몸에 나온 큰 사리가 지금의 부여 박물관에 보관되었다. 굴산사가 있었다면 매월당은 무량사를 찾지 않고 같은 성씨 큰스님이 세운 굴산사에서 말년에 기거하시다가 입적하지 않았을까 하는 생각도 해 본다.

889년에 79세로 선종한 범일국사는 무엇을 남겼나, 신라말 9산선문의 굴산사를 창건 중창하고, 한국에서 제일 큰 당간지주 보물 86호를 남기셨다. 또 돌아가신 후 사리탑인 승탑 보물 85를 남기셨으나, 식민지 시대에 일본인의 앞잡이 도굴꾼들이 승탑의 사리를 훔쳐 갔다는 지방에 구전되는 말이 사실이 아니길 바랄 뿐이다.

당시 영동지방 사찰이 범일스님의 영향이 미치지 않은 곳이 없다. 신복사를 짓고, 양양 낙산사를 중창한 것은 삼국유사에 기록되어 있고, 삼척 삼화사를 건립하였다. 보현사에 머물던 낭원대사 개청과 강릉의 진산인 오대산에 자장율사가 거처하던 곳에 암자를 짓고 사찰의 형태를 이루어 오늘의 월정사에 이르게 한 신의 스님 등이 범일 스님의 영향을 받은 분들이다.

범일 큰스님은 왕실의 교학불교 교리에 의존하는 한계를 넘어, 선학불교로 승화시킨 스님이시다. 신라 말기 왕실의 교종과 대립되는 위치에서 범일은 옛 명주 호족의 일원으로 영동의 정신적 지주가 되었다.

스님은 당나라 유학 시에 제안 선사에게서 '평상심이 바로 도'라는 한마디에 크게 감명 받았으며, 굴산사에서 '자기 마음에 투철하여 부처님을 이루고, 형식적인 경전 문자에 집착하지 말라고 역설한 직지인심 견성성불 교외별전 불립문자[直指人心 見性成佛 敎外別傳 不立文字]의 선불교를 크게 발전시킨 스님이다. 구산선문 중 가장 큰 굴산사, 승려가 200여 명으로 밥 짓는 쌀뜨물이 동해바다 안목까지 흘렀다고 구전한다.

그러므로 스님은 선종 후 대관령 산신이 되어 영동지방의 사람의 삶을 보살피고 재해로부터 보호하는 수호신으로 되어 무형문화재 강릉 당오의 주신으로 모신다.

출생설화의 석천石泉이 태풍 루사로 유실되었으나 근래 복원되었다. 처녀가 아기를 낳았다고 추운 겨울에 뒷산 바위 아래 버렸으나 학이 날아와 보호하고 붉은 영단을 입에 물려 아기가 살아 있어, 하늘이 주신 아이라고 다시 데려와 살렸다는 설화의 학바위는 마을 뒷산에 지금도 옛 모습 그대로이다.

생거모학산生居茅鶴山 사거성산死去城山이란 말은 살아서 모산학산리에 살아야 하고, 죽어서는 성산에 묘를 써야 한다는 의미로 해석한다. 나는 이 말의 출처도 범일 국사에서 찾는다. 범일 국사가 살아 계실 적, 학산의 수구水口를 이루는 모산과 학산은 선망의 대상이었다. 그리고 국사는 입적하신 후에는 대관령에 계시며 강릉의 수호신이 되었으므로, 생거모학산 사거성산이람 말이 생기지 않았을까.

허균의 호가 교산蛟山과 학산鶴山이다. 교산은 사천면 출생지 외가 애일당과 관련 있는 호이지만, 어떤 연고로 학산이라 하였고 '학산 초담'이란 시 평서를 남겼는가.

학산리는 원래 굴산사가 있던 마을이므로 굴산리라고 부르다가, 범일 국사를 보호한 학바위가 있는 마을이라고 학산리로 되었다고 한다.

# 우리 시대 마지막 선비 가시다

영원한 선비 강원대학교 국문학 명예교수 최승순 씨가 향년 89세로 영면永眠하셨다.

나와 선생님과의 만남은 고등학교에서 시작되었다. 당시 강릉농업고등학교에는 기라성 같은 선생님이 많았다. 교장은 후에 국회의원을 한 최용근, 교감은 강원도 교육감을 한 남규욱, 임업시험장을 한 김동춘, 농업진흥청장을 한 함영수, 영동대학장을 한 최용환, 경북대학 농과대학 학장을 한 박한균 등 기라성 같은 선생님 중에 가장 호리호리하고 연약한 선생님이 국어담당 최승순 선생님이다. 선생님도 후일 강원대학 국문학 원로교수로 근무하셨다.

선생님의 수업시간은 오후 두세 시, 잠 오는 시간이라도 조는 학생이 없었다. 선생님의 입에서 흘러나오는 단어는 감미로운 선율과 곡조를 품고 있는 환상의 어휘였다. <관동별곡>을 강의할 때에는 속계와 선계를 연결하는 황홀한 시간이었다.

(左로부터) 故 최승준 교수, 필자, 김학로 전 교장

선생님의 말씀 중에 나의 머리에 가장 긴 파장을 준 구절은 '맹자 삼천독孟子三千讀이면 탁지성卓之聲'이다. 맹자를 삼천 번을 읽으면 탁하고 머리가 깨우쳐진다는 말의 고사를 이야기하며, 열심히 공부하란 선생님의 말씀이 새롭다.

또 '망진자亡秦者는 호야胡也'라는 고사를 들어 중국을 처음 통일한 진나라가 망한 것은 만리장성 북쪽의 호족의 침략이 아니고 내부 문란으로 왕자 호해의 시대에 진나라가 망했다며, 위정자는 이사와 조고 같은 간신을 멀리하고 현명한 사람을 좌우에 두어야 한다고 하셨다. 괴변으로 나라를 어수선하게 하는 시대이므로 가신 선생님이 더욱 그립다.

강원대학에서 퇴직 후 영호남의 이름 있는 고택古宅를 답사하며, 남을 배려한 우리 조상의 선비정신을 고사의 예를 들며 이야기해 주시던 교수님은 이제 다시 뵈올 수 없다.

제자와 후배가 선생님을 모시고 중식을 약속한 시간에는 항상 먼저 나와 마당에서 기다리셨다. 식사 후 모셔 드리고 우리가 갈 적에는 차가 안 보일 때까지 배웅하며 예의를 지키신 선생님은 꼿꼿한 선비의 모습이었다.

<강원문화 회고집>을 남기시고 가신 우리시대의 마지막 선비 최승순 교수님의 서거를 곡하며, 명복을 빕니다.

# 내면에 있는 강릉부사 송덕비

조선조 고종황제 시대까지 강릉부의 관할은 대단히 넓었다. 대관령 넘어 오대산 일원은 전부 강릉부의 관할이다. 지금의 평창군은 평창읍과 미탄면을 제외한 전 지역이 강릉부에 속했다. 옛적은 산과 강이 경계를 이루는 기틀이었다. 그러므로 강릉의 진산인 오대산 서북쪽에 있는 지금의 홍천군 내면도 강릉부에 속했다.

대관령 남쪽 닭목재 넘어 대기리에 있는 이율곡 선생이 공부했다는 노추산 주변도 강릉부의 관할이다. 그래서 그 남쪽 삽당령 넘어 지금의 임계면과 북면 북평 일원이 다 강릉부의 관할이다. 정선읍 뒷산 갈왕산 정상부에 마음대로 산삼을 채취하지 못하게 하는 강릉부사의 금표비가 현존한다. '갈왕산이 가리왕산으로 된 것은 현대식 지도를 만들 때 일본인들이 혀가 어눌해 갈자 발음을 잘 못함으로 가리왕산으로 풀어 기명한 것이다.

일 강릉 이 춘천 삼 원주란 강원도 도시 평가의 옛이야기는 출중한 명사도 많이 배출했지만 강릉부의 관할이 크므로 나온 말일 것이다.

　동학란 때, 강릉부가 동학군에 점령당했다. 동학군의 대부분 농민군이다. 강릉의 만석꾼과 토호를 따르는 강릉 농민군이 동학군이 점령한 강릉부를 공격해 축출했다. 그리고 중앙정부에 강릉부 탈환 사실을 보고했다. 고종황제는 1894년 10월 강릉부를 탈환한 주공자인 선교장船橋莊 주인 이회원李會源공을 강릉부사에 임명하고, 조공인 최윤정崔允鼎공은 후일 삼척군수로 임명했다.

홍천군 내면 창촌2리에 있는
府使 李公會源 永世不忘碑

　강릉부사의 송덕비가 부의 소재지인 강릉에 있지 않고 왜 내면에 있는가. 이회원공이 부사로 재직 시에 흉년이 들었다. 산골 내면은 양곡이 없었다. 당시 교통도 불편하고 운반수단도 근대화 되지 못한 때이다. 이 부사는 '내면 사람은 와서 힘자라는 대로 양곡을 짊어지고 가라'고 했다. 당시 운반수단은 개인이 지게로 등짐을 져 물건을 옮길 때이다. 장정이 힘껏 만석꾼 선교장 창고의 양곡을 운반해 감으로 내면 사람들이 흉년을 넘길 수 있었다. 그런 연유로 홍천군 내면 창촌2리 면사무소 북쪽 도로변에 '부사 이공 회원 영세 불망비'란 송덕비를 흉년에 은덕 입은 내면 사람들이 세웠던 것이다. 지금 내면에 있는 송덕비는 석질이 좋지 않아 겨우 큰 글자만을 판독할 수 있다.

　당시 나라의 최고 명승지는 금강산이요 관동 팔경이다. 금강산을 구경하고 남쪽 강릉으로 온 과객은 선교장에 들러 기식했다. 선비정신은 방문하는 손님을 잘 모셨다. 그래서 많을 때에는 300명의 밥상을 드렸다고 한다. 인품이 넘치는 손님은 오래 머물도록 했고, 갈 때에는 옷 한 벌을 해드리고 여비를 주기도 했다. 6·25 동란 시 남쪽으로 피난 가던 선교장 주인이 숙박한 집 주인과 대화 중에 '강릉선교장 주인'이란 말을 들은 그 주인은 옷을 갈아입고 온 가족의 인사를 받은 적이 있다 한다. 문을 열고 '저 나래 긴 밭은 선교장에서 준 여비를 아껴 가지고 와서 산 밭'이라고 하며, 그 후손이 감사의 인사를 한 이야기다.

머물다가 가실 때 된손님은 '이제는 가십시요'의 표현으로 밥그릇과 국그릇의 위치를 바꾼 상을 드렸다 한다.

방문한 손님 중에는 명사도 많았다. 당대 최고 명필 여초 김응현은 선교장 내 동별당에 '鰲隱古宅'이란 현판을 써주어 지금도 걸려있다. 행랑채 사랑 첨하에는 특이한 구리 차양이 설치되어 있는데, 초청으로 선교장을 방문했던 러시아 공사가 답례품으로 선물한 구리로 만든 차양이다.

선교장은 현존하는 고택 중에 국내에서 제일 완전하게 보존되고 귀중한 문화재와 도서도 잘 보관한 것으로 평가된다. 필자는 수년전 원로 학자를 포함한 단조로운 일행으로 영호남과 전국의 고가를 답사한 적이 있다. 명망 있는 선비는 불멸의 선비정신을 남기고 갔으나, 그 고가와 문화재가 현재까지 잘 보존되지 않은 곳도 많았다. 국가의 예산을 지원받아 다시 중수한 가옥도 많았고,

주말에 연고자가 별장식으로 오가는 고가도 있었다. 그래서 나는 고택 방문이란 말보다 고가 답사란 말을 더 사용했다. 경북 예천 용문면 제곡리에 있는 보존 문화재인 친구의 고택을 방문한 적이 있다. 그 친구의 동생이 '형, 제일 좋은 고가는 강릉 선교장입니다. 우리도 두루 보았지만 강릉 선교장만한 고가는 어디에도 없습니다!' 라고 하는 이야기를 들었다.

선교장은 일본 식민지시대는 근대식 교육기관인 동진학교를 세워 교복 숙식 등을 무료로 교육시키며 이시형 여운형과 같은 명사를 교사로 초빙하기도 했다. 일제는 민족의식을 함양시킬 것을 우려해 3년 만에 강제 폐교시켰다.

사당의 조상 위패는 유교식 제사에 신성불가침의 귀중품이다. 독립군 관계자에게 위패를 절도해 가게하고, 그 위패를 찾는 경비

강릉 선교장 활래정 앞에서

로 자금을 주어 그들로 독립군을 지원했다는 이야기는 일제 식민지시대의 혹독한 감시에서 살아남기 위한 한 단면이다.

당시 일본은 조선의 양반조직을 최대 활용하며 명목상의 참의 등의 명칭을 주며, 고등계 형사를 담당시켜 철저하게 감시했다. 일본의 고등계 형사는 지금의 정보과 형사와 다르다. 외근 수사형사를 거친 자 중에서 다시 선발한 형사이므로 그 명칭도 고등계 형사이다.

선교장은 12대문에 102칸의 옛 모습이 그대로 잘 보존되어 있다. 선교장의 백미는 앞 연못에 올라서 있는 소나무 관목을 마주한 활래정活來亭이다. 인연이 있어 활래정에서 옛 전통차를 음미하면 속세를 떠난 선인이 되는 기분이다.

# 산신을 호령한 강릉부사

근래까지 우리 백성은 산신을 믿었으며, 그 유습은 아직까지 우리 의식에 깊이 배여 있다.

우리 조상이 대부분 믿어 온 불교의 사찰에 가면 법당의 대웅전 뒤에 작은 산신각山神閣 또는 삼성각三聖閣이 있다. 이곳에 모시는 신은 긴 수염을 한 산신이 있으며 동자가 옆에 있고, 맹수 호랑이가 엎드려 앉아 있다. 이런 산신각을 사찰 법당 뒤 위쪽에 세운 이유는 새로 들어온 종교 불교가 백성에 파고들 때, '당신들이 믿고 있는 산신을 우리 불교도 모십니다' 하고 민중에 이해시키기 위해서이다. 지금도 절에 가시는 분은 산신각에 가서 배례하고 오는 분이 많다.

맹수인 호랑이는 산신의 명을 받아 행동한다고 생각하여 호랑이의 등을 타고 활동한 미담 설화도 우리 문화에 많이 남아 있다.

이렇게 사람보다 한 단계 위에 있는 산신을 강릉 부사가 호령한 사실이 기록되어 있다.

1561년도에 부임한 강릉부사 김첨경金添慶이 근무하실 때 일이다. 화비령火飛嶺에 호랑이가 나타나 호환이 발생했다.

 "임금이 다스리는 산천에 각각 신이 있어 악을 제거하고 재앙을 멀리하여 백성을 보살폈다. 화비령은 대동大東을 수호하고 동해에 임하여 멧부리가 존엄하고 고상하며, 그 영험함이 신이하여 백성이 정성을 다하여 제사로 받들어 왔음에도 어찌 두루 살피지 아니하시고 백성을 해함이 비일 비재합니까? 남쪽 밤재가 서로 마주보고 험악하여 짐승이 활보하니 어찌 산신이 막아 책망을 않습니까?

 나는 임금의 신하로 이곳에 부임하였으니 이 고장은 나의 소관이요 필부의 원한이나 백성의 억울한 죽음도 곧 나의 책임이요 신神의 수치가 아니겠습니까? 이제 군사를 일으켜 백성의 원한을 갚을 것이니 창과 칼을 단련하고 방패를 손질하여 종사하면 반드시 목적을 달성할 수 있을 것이니 신께서 들으시고 저의 진실한 마음을 살펴주십시오. 신이 도리어 들어주지 않는다면 신이 없는 것으로 보고 모시는 사당에 불을 놓아 태워버릴 것이니 신 또한 후회하지 마십시오!"

 이런 내용으로 제문을 지어 제사를 지낸 후에 호랑이가 죽고 호환이 없어졌다는 이야기가 강릉의 역사지인 임영지臨瀛誌에 수록되어 있다.

 방백 수령이 신을 협박하고 호령한 글은 동양 삼국 어디에도 없는 진기한 기록이다. 이렇게 1500년대에 앞서가는 생각을 하신 김첨경 부사는 후일 중앙관서에서 형조 예조 이조판서를 두루 역임 하신 분이다.

# 2부

# 영혼에 기원하는
# 조율이시

고려 말 충신 정몽주는 사대부 이상은 4대, 6품 이상은 2대, 7품 이하 서인은 부모의 제사만을 지내게 하였으나, 조선조 말 모든 서민도 다 4대까지 조상제사를 지내는 형태로 변하게 되었다. 이것은 다 형식에 의한 제사이다. 진심으로 그 조상의 기일에 명복을 비는 것이 중요하다.

# 영혼에 기원하는 조율이시

맥두걸(Duncan MacDougall 1866~1920)이란 미국 의사가 1907
년 사망 직전의 체중과 사망 직후의 체중을 특수 저울로 계산하니
21g의 차이가 나고, 이것이 영혼의 무게라고 해서 세상을 놀라게
한 적이 있다.

동양 유교문화권에서는 음양사상에 의해 사람이 태어나는 것은
하늘이 정기를 주고, 땅이 지기를 내어주어 부모를 통해 태어난다
고 생각했다.

사람이 생명을 다하여 사망하면 하늘이 준 혼魂은 하늘로 올라
가 영靈이나 선仙이 되고, 땅의 기운 백魄은 땅으로 들어간다고,
음양학에 젖은 조상들의 생각이다. 이 혼백의 무게가 21g인가.

제사는 후세 생명에 대한 보은이다. 제삿날에는 향을 피우면
혼이 오시고, 술을 올리면 백이 오신다고 생각하였다. 옛날은 한
대를 25년으로 보고 4대 100년까지 조상의 기氣 파장이 자손에
이른다고 믿어 제사를 지낸다. 이것은 전통적인 혼백과 기에 대한

관념이다.

이것은 중국에서 들어온 유교 성리학을 이용, 강력한 조선을 만들기 위한 통치행위로 발달하였다고 학자들은 말한다.

고려 말 충신 정몽주는 사대부 이상은 4대, 6품 이상은 2대, 7품 이하 서인은 부모의 제사만을 지내게 하였으나, 조선조 말 모든 서민까지 4대까지 조상제사를 지내는 형태로 변하게 되었다. 이것은 다 형식에 의한 제사이다. 진심으로 그 조상의 기일에 명복을 비는 것이 중요하다.

제사는 가례라 하여 문중마다 그 예법이 조금씩 다르다. 그러나 어느 문중이나 조상들의 제사에는 염원이 깃든 과일을 선택해 제사상에 올려 기원해 왔다. 제사지낼 때 우리 조상이 꼭 가려서 쓰는 제사 과일은 조율이시棗栗梨柿이다. 우리 집안 제사에는 사과는 일본에서 들어온 과일이라고 해서 제사상에 올리지 않았다. 이것은 왜倭를 싫어한 우리의 관념이다.

조棗는 대추를 한자로 표한 것이다. 정열적인 빨간 대추는 씨가 하나이다. 나라에 임금은 하나이다. 그래서 대추를 쓰는 것은 자손이 왕같이 으뜸 되도록 잘되기를 기원하는 뜻이다. 지금은 대통령이 되게 하여 주시옵소서!의 염원이다.

율栗은 밤이다. 밤송이 안에 세 개까지 알이 있다. 과거 3정승은 영의정 좌의정 우의정을 의미하며, 자손이 삼정승에 이르게 하여 주옵소서 하는 염원의 뜻이다.

이梨는 배다. 배는 씨가 6개이다. 이것은 육조판서가 되게 하여 주십시오 하는 상징성이었다.

시枾는 감이다. 지금은 품종을 개량하여 씨 없는 감이 있지만, 과거 감은 8개의 씨가 있다. 이것은 팔도관찰사가 되게 하여 주십사 하는 의미가 있다. 시대의 발달에 따라 조상 영혼에 제사하는 방법이 달라질 것이다. 변하지 말아야 할 것은 조상의 영혼에 명복을 빌며 감사를 표하는 마음이다.

조율이시로 조상의 영혼에 기원하는 집념이 숱한 외침과 고난을 겪으면서도 꿋꿋이 맥과 손을 이어온 힘이라고 생각한다.

인간의 염원이 깃든 곳에 혼이 있다. 나의 아버지는 평생 농사만을 지으시며 하늘의 섭리를 따라 사셨고, 집안이 궂은일은 도맡아 하시었으므로 이 세상에서 가장 착하게 사신 어른이시다. 아버지 유택은 백두대간인 정선군 임계면 가목리에 있다. 농민인 아버지 안목으로 묘墓자리를 선택 신후지지神後之地로 정하시고, 가묘를 만든 후 10년간 직접 벌초하시다가 희수에 작고하셨다.

시대의 변천을 예측하신 아버지는 손자 이후에 조상 묘 모시는 행태까지 미리 생각하셔 '매년 묘에 오지 않아도 좋다, 네가(남석을 지칭) 여기에 묻어만 달라'고 가묘를 만들 때 현지에서 유언하시어 그 유언을 지켰다. 그러므로 아버지의 영혼은 가목리 유택에 계신다.

아버지는 살아서 큰집 옆 작은 터전에서 겨우 빌붙어 사셨다. 돌아가셔서는 수도권의 젖줄 남한강 발원지 넓고 높은 언덕에서 멀리 서울 경기 인천을 바라보는 곳에 계신다.

지금은 임도가 개설되어 차로 쉽게 접근할 수 있다. 나는 아버지 유택에 갈 적에는 반드시 조율이시 중 3실과는 가지고 간다. 또 좋아하시는 농주를 잔에 부어 놓고, 아버지 영혼이 공기 맑은 곳에서 편안하게 계시기를 기원한다.

(2014.)

# 한가위 덕목

한가위의 최고 관심은 각 고속도로의 정체 상황이다. 추석을 지낸 다음 귀경 차량의 쏠림 보도가 각종 뉴스 매체의 중요한 부분이 되었다. 고향을 찾아 가는 길이 안전하고 신속하게 오가는 것이 현대사회의 관심사일 수밖에 없다.

한가위는 설 단오와 같이 한민족의 3대 전통 명절이다. 한가위 유래는 삼국시대로 올라간다. 신라 유리이사금 9년(AD. 32) 당시의 6부 아녀자를 두 패로 나누어 왕녀가 각조를 통솔하여 한 달 동안 베짜기 경쟁을 하여 그동안 짠 베를 심사해, 음력 8월 15일 진 편이 이긴 편에게 음식과 술을 제공하며 가무음곡으로 즐기는 잔치 풍속에 유래하였다고 하니 오랜 기간 아름다운 전통을 가진 명절이다.

근세의 추석은 고향을 찾아 부모를 뵙고 햅쌀로 밥을 짓고 송편을 빚어 햇과일로 조상에 수확의 기쁨을 다례茶禮를 드린 다음 남자는 씨름으로 힘을 겨루고, 여자들은 널뛰기를 하였다. 또 고향의 명소를 다시 찾아 즐기며 거리에 따라 조상의 산소를 찾아가 명복을 기원하는 명절이었다.

나는 차남으로 멀리 강릉 형님 댁에 가 조상의 다례에 참석해야 하나 기로耆老의 나이에 고향 가는 것도 불편해 가지 않고, 살고 있는 춘천에서 추석을 맞이했다. 지방미 소양강 햅쌀로 밥을 짓고 송편을 빚었다.

밥상 앞에 앉아 먼저 햇곡식을 먹는 감사의 묵도를 했다. 그리고 내가 먼저 전통적인 한가위 명칭은 음력 8월 한가운데 있는 15일, 팔월 보름을 이르는 순수 우리말로 한문으로 중추절仲秋節 추석秋夕이라고 하는 명절 이름 해석을 손자 손녀에게 이야기해 주고, 멀리 정선군 임계면 가목리 명소에 계신 아버지 어머니 영혼의 명복을 기원했다. 이어 교회에 나가는 가족이 추석 감사의 기도를 하고, 맛있는 햇곡식 음식을 먹었다.

고속도로로 한 시간대 서울에서 살고 있는 딸들이 시댁에서 추석 아침을 맞이하고, 손자 손녀들 데리고 찾아왔다. 오면 반갑고 귀엽다. 2013년 추석 연후 3일에 이어진 토요일과 일요일로 쉬는 날이 5일이 된다.

한가위 대이동 중에 가족의 안전을 위해 반대로 시골에 있는 연로한 부모가 반대로 도시로 상경해 추석을 지낸 후 대중교통편으로 돌아오는 분도 많다. 우리 집 원룸에 경상도 여학생이 살고 있다. 공직자인 학생의 부모가 자가용으로 딸을 찾아와 추석을 맞이하는 것이 보인다. 연휴에 춘천도 구경하고 가족이 모여 편히 쉬는 즐거움이리라.

한가위는 조상의 명복을 기원하는 것이 중요하다. 그러나 그만이 아니다. 살아있는 가족의 화합과 즐거움도 중요하다. 연휴에 외손자와 손녀를 데리고 처가를 찾은 사위는 백년손님으로 장모에겐 귀하다. 있는 솜씨 다 내서 가장 좋은 음식을 만들어 주려고 애를 쓴다. 그러다가 왔던 아이들이 되돌아가면 그보다 홀가분할 수 없다. 다시 부부만이 남으니 갑자기 조용한 방안이 적막에 싸인 기분이다. 고달픔을 참고 있던 내자가 허리 통증을 호소한다. 편히 쉴 수 있는 시간이 된 것이 참으로 고맙다.

현재의 한가위는 조상의 명복冥福을 비는 제례祭禮, 친지를 만나는 화합의 즐거움, 옛정을 새롭게 하는 고향 명소를 다시 찾아 감상하며 즐기는 풍습이 중요한 덕목이다. 그리고 개성의 시대 핵가족의 시대에는 살아있는 조상의 편안함도 고려하고, 이동하는 가족의 안전도 한가위의 한 덕목이라고 생각한다.

# M담백 동행기

갑오년(2014) 초, 한 살 위 팔순인 고종사촌 형으로부터 전화를 받았다. 병원에 가서 피를 빼어주면 동생의 병을 고칠 수 있지 않나 하는 취지의 전화였다. 나의 건강은 피 수혈로 치료하는 병이 아니라고 하며 감사를 표했다. 한약에 조예가 깊은 연하의 매부 전화는 체력을 보강하며 면역성을 높이는 건강식품에 관한 이야기다. 또 인천에 사는 장질 조카가 "삼촌 건강하십시요!" 하는 새해 인사 전화이다. 이 모두 나의 나이가 79세이므로 아홉수를 잘 지내라는 새해의 덕담 인사다.

나는 전에 신체검사를 하다가 혈액내과의 정밀검사로 다발성 골수종 혈액암이란 진단을 받았다. 우리나라에서 모든 암은 조기에 발견하면 100% 완치하는데, 다발성 골수종 혈액암은 발생 원인도 완치학설도 없다.

혈액암을 백혈병 혈액암, 림프종 혈액암, 다발성 골수종 혈액암으로 구분하는 것 같다. 골수종 혈액암은 혈액에 M담백이 나타나면 진단하는 병명이다. M담백이 나타난다고 바로 사망하는 것이 아니고, 허약한 부위에서 합병증으로 사망에 이르는 병이라고 한다. 척추, 머리뼈 갈비뼈가 골절되기 쉽고, 폐에서 합병증을 일으키는 경우가 많다. 다른 오장육부에서 합병증을 일으키지 않으면 현상 유지되는 병으로 타인에 전염되는 병은 아니다.

병명에 당혹하여 나약해지면 빨리 사망하게 된다. 나와 같은 시기에 진단받는 금 모씨는 진단받은 그해 서울 아산병원과 강원대학교 부속병원을 오르내리더니 연말에 타계했다. 공직에 있을 때 같은 과에 근무하고 퇴직 후 친목단체에서 같이 활동하던 서 모 동료도 진단받은 지 몇 개월 지나지 않아 영면했다. 그러니 나는 참으로 오래 산 것 같다.

병원에서 진단 후 처방해 주는 약 '덱사메타손정'으로 일회에 40알을 동시에 아침 8시와 오후 4시에 복용한다. 소화를 우려해 소화제를 가미한 처방이다. 매일 먹는 것이 아니고, 4일 복용하고 10일 쉬다가 다시 반복해 복약한다. 4주 후 다시 병원에 진료시 '조메타'라는 뼈 보호주사를 맞는다.

약을 먹으면 부작용이 심하다. 의사의 표현대로 많은 설탕을 먹은 양 혈액에 당분이 아주 많이 나타나 당뇨약을 겸하여 복용해야 한다. 소화가 잘 안되고 거식증이 나타난다. 복용기간 잠을 거의 못 잔다. 약 복용기간은 헌칠한 기분, 빈혈 증상으로 걸으면 쓰러질 것 같은 증상도 나타난다. 체력이 점점 약해진다.

2009년 6월 혈액에 M담백이 3.7이 나타나 암으로 진단받은 후 처방대로 약을 잘 복용하였더니 M담백 수치가 0.7까지 내려가 의사도 좋아하고 나의 회복을 칭찬해 주었다. 그러나 약간씩 수치가 올라가더니 지금은 1점대에서 수치가 오르내린다.

한학에 조예가 깊은 인산 김일훈 선생의 한방 책 '신약본초神藥本草'에 골수종은 오리에 홍화씨 포공영(속칭 민들레) 금은화(인동풀)로 탕을 해 먹으면 건강을 유지한다고 해서 수년간 집에서 조리해 먹었다. 허약해 곧 쓰러질 것 같은 허약체질이 좋아졌다.

의사에게 병의 원인을 물으면, 공해 스트레스 전자파 유전적 요인을 말한다. 나의 부모는 장수하셨다. 이런 증상이 없었다. 그러니 유전은 아니다. 인간 세상에 살며 많은 공해를 접하여 산 것이 사실이다. 매일 약간의 스트레스도 받으며 살았다. 살아온 과거 직업과 환경이 그랬다.

M담백을 지금의 상태로는 화학요법으로 안전하게 떨칠 수 없다. 그와 동행하며 살아야 한다. 편식하지 않고 골고루 먹으며, 가급적 피를 맑게 하는 전통 음식을 즐겨 먹는다. 병원 약 복용 시 소화에 유의해 체력 관리를 잘하면 주변에 부담주지 않고 살 수 있다는 자신감이 생겼다. 잘 살면 2~3년 살 수 있는 것같이 인터넷 건강 편에 씌어있지만 나는 8년째이다. 현대의학에 감사하고, 내가 한방 식품으로 건강을 잘 관리한 덕일 것이다. M담백과 동행하며, 천수를 다하기를 갈망한다.

(2017.)

# 의연毅然히 살리라

새 아침 눈을 떠 손발을 움직여 삶을 확인하면, 덤의 하루다. 마냥 누워 쉬고 싶은 마음을 다잡아 나태한 마음을 채찍질하며 움직인다. 양손으로 안면에서 머리까지 위로 쓰다듬으며 심호흡을 한다. 이어서 양 발끝치기를 수백 번하여 머리까지 혈맥이 움직임을 느낀 후에, 체온보다 약간 더 따뜻한 물로 좌욕을 2~30분 한다.

의연한 행동으로 삶을 유지하려고 노력한다. 그리고 덤의 오늘 하루가 이 세상 마지막 날같이 최선을 다하려고 한다.

의연毅然이란 말은 지조가 굳고 강인하다는 말이다. 동양의 대학자 공자가 의연의 단어를 사용한 예를 보면, 논어論語에 '강의목눌이근인剛毅木訥而近仁－강하고 굳세나 질박하고 달변이 아닌 것이 인에 가깝다'고 하였다. 마음에 드는 경구이다.

송나라 대 문호 소식蘇軾은 '기불의연대장부야재豈不毅然大丈夫也哉－의연하지 않으면 어찌 대장부라고 할까!'라고 했다.

이런 의연이란 단어는 나이에 따라 직업에 따라 행동하는 내용은 다르다고 생각한다. 기로층耆老層에 속하고 투병 중인 나에게 의연한 행동은 무엇일까.

우선 나태해지는 마음을 다잡고 자기와의 싸움에서 승리하는 것이다. 굳건함을 보이고 눕고 싶은 마음을 꾸짖으며, 나이에 맞는 체력관리를 한다. 걸음도 허리를 펴고 제식 훈련할 때의 걸음을 걸으려고 노력한다. 나약한 자세가 아닌, 병약한 티를 안 나타내려고 의젓하게 걷는다.

혈액암 질병을 가지고 있는 나는 뭇 성인병을 다 겸하고 있다. 골수종 혈액암은 70세 이하면 골수이식 수술로 완치할 수 있으나, 나이 관계로 하지 못했다. 오직 약에 의존할 수밖에 없다. 혈액암 약의 장기 복용으로 위와 장이 약해진 것을 감내하며 보해야 한다.

또 전립선비대증이 있다. 기관지의 허약한 증세로 감기도 잘 걸린다. 급성폐렴의 증세로 두 번이나 입원했지만 조기에 대처해서 병을 극복하였다. 담도에 결석이 생겨 다급한 증세로 병원을 옮기며 수술도 했다. 왼쪽 눈은 황반변성으로 오래 전에 시력을 잃었다. 오른쪽 눈의 시력을 지키려고 망막검사를 해야 하고, 남은 시력에 의지해 생활한다. 그래서 승용차도 폐차했다. 대중교통을 이용하니 오히려 건강에 더 좋은 점도 있다.

그러는 중, 혈액암 1차 치료기간 5년이 경과하여 2019년까지 국민보험공단으로부터 연장 혜택도 받았다. 그러니 나는 걸어 다니는 종합병원이다. 나라의 의료보험 혜택을 가장 많이 받는다.

거량의 식사를 하던 습성을 고쳐 소식을 한다. 80kg의 체중을

70kg이나 그 이하로 유지하려고 노력한다. 면역성이 약해 회膾는 바다의 것이든 육지의 것이든 먹지 않는다. 생것은 채소만 먹으며 노년층에 좋다는 오리고기와 닭고기를 즐겨 먹는다.

나의 병세는 뼈가 잘 부러지는 경우가 있으므로 홍화씨 차를 자주 먹는다. 혈액에 M단백이 많이 나오는 것을 혈액암이라고 하니, 피를 맑게 하는 부추 양파 마늘 민들레를 찾아서 먹는다. 편식하지 않고 골고루 먹는다.

내 방 청소는 내가 한다. 아침 집 주변의 청소를 하며, 당국에서 돈 받고 일하는 분은 보이는 곳의 쓰레기만 줍지만 나는 그분들이 미처 보지 못한 후미진 곳의 오물을 치우는 등 찾아서 청소를 한다. 과거 일본 동경을 여행할 적 아침산책 길에 후미진 곳까지 깨끗한 것에 감탄하며 질투를 느꼈던 것이 나의 뇌리에 남아 있다.

걷는다. 차를 타지 않고 걸어서 움직인다. 한 발 한 발 마사이족 걸음같이 11자 걸음을 2㎞이상 걷기가 목표이다. 팔자걸음이었으나 수년간 11자 걸음으로 익숙해졌다. 앉았다가 서려는 순간 심호흡 복식호흡으로 졸도를 예방한다.

모든 행동은 이시형 박사가 말한 노인 운동의 3S 원칙을 꼭 지킨다.

Small-작게, Simple- 단순하게, Slow-느리게.

연금으로 생활하는 내가 좌우에 물질적 정신적인 부담을 주지 않고 생활하면서 나태해지려는 내 마음을 꾸짖으며 꿋꿋하게 행동하고 실천하는 것이 나의 의연한 생활이다.        (2015.)

# 아름다운 생의 마감

　2014년 뉴욕타임스의 베스트셀러로 평을 받은 '어떻게 죽을 것인가'에 기록된 내용이다. 저자 아툴 가완디는 인도 출신으로 미국에서 환자를 치료하는 의사다. 철학을 공부하기도 한 그는 의사인 자기 아버지를 비롯하여 치료하던 환자의 마지막 순간의 이야기를 수록한 장편 수필집이다. 그의 글 중에는 노인병 전문의 펠릭스 실버스톤Felix Silverston의 글을 인용해 '나이 들면서 그저 허물어질 뿐이다. 나이가 든다는 것은 청력 기억력 친구 생활방식 등 계속해 무언가 잃어간다'고 했다.

　저자와 아버지 어머니가 모두 의사다. 세 분의 의사 경력 도합 120년이나 되나 그의 부친이 암의 일종인 '성상세포종'으로 수년에 걸쳐 서서히 기능이 마비되며, 암을 극복하지 못하고 최종에는 치료받던 병원에서 집으로 돌아온다. 가족의 품안에서 암환자이므로 진통을 억제하는 마약성분의 약물에 의지하다가 혼미 중, 의식이 돌아와 손자를 보고 싶다고 했다. 손자가 옆에 없으므로 사진을 보여주니 사진을 눈에 담고 미소 짓다 다시 혼수상태로 빠진 후 호흡이 정지되는 것이 대미를 이루었다.

그 책에는 병원에서 사망하는 것보다 자기 집에서 의학적으로 지원하는 간호 호스피스Hospis의 도움 아래 가족의 사랑 속에 운명하는 것을 아름답게 그리고 있다.

저자 아버지가 사망하는 모습은 동양의 고종명의 형태이다. 우리는 고종명을 인생 오복의 하나로 칭했다. 오복이란 서경書經 주서周書 홍범洪範 편 마지막에 나오는 수壽 부富 강령康寧 유호덕有好德 고종명考終命을 말한다. 수는 오래 사는 것이고, 부는 부자로 사는 것이며, 강령은 건강하고 평안하게 사는 것을 말하며, 유호덕은 덕이 있는 것과 덕을 베풀며 사는 것을 의미한다. 마지막 고종명은 천수를 누리며 건강하게 살다가 가족이 지켜보는 가운데 생을 마감하는 것을 말한다. 그리고 자식이 부모의 마지막 운명 시각에 동참해 있는 것을 임종이라고 말한다. 그러나 지금 우리 주변에는 가정에서 운명하는 것보다 병원에서 생을 마감하는 경우가 더 많은 것이 현실이다.

사람이 사는 것은 일상생활의 연속이다. 노인이 사는 것은 하루하루 쇠잔해지는 자기 체력을 관리하며 버티는 것이다. 아름다운 생활의 수범을 보이고, 불멸의 가치관을 남기고 저 세상으로 가시는 분은 성현이다. 옛적 장군은 전장에서 나라를 위한 공을 세우고 시체가 말가죽에 싸여 돌아오는 것을 최고의 영예로 생각했다. 현인이나 영웅의 영예로운 죽음같이 누구나 다 그럴 수는 없다.

사람은 누구나 죽는다. 진나라 시황제도 불로초를 구하지 못했다. 현대과학으로 줄기세포를 연구하여 이식해 생명을 연장한다 해도 결국 언젠가 죽는다.

삶에 지쳐, 병에 시달리다가 스스로 생을 마감하는 분이 적지 않다. 삶에 지친 분은 행정기관에 호소하면 복지시대이므로 나름대로의 방법도 찾을 수 있을 것이다. 스스로 생을 포기하는 것은 신에 대한 거역이다. 신은 인간을 이 세상에서 최선을 다해 살아보란 사명을 줘 태어나게 했다고 생각한다. 그러하므로 인간은 지구를 지배하고 문명을 발달시켜 오늘에 이르지 않았나. 스스로 생을 포기하는 것은 그 후손, 주변 사람에게도 큰 정신적인 상처를 준다고 생각하지 않는가. 어떤 고통도 힘든 일도 극복하려는 긍정적인 행동은 인간에게 주어진 가장 아름다운 덕목이다.

어떻게 죽는 것이 바람직할까. 생의 마지막 순간 진통을 억제하는 마약에 의존하다가 가는 것도 하나의 방법이나, 가장 아름다운 마감은 아니다.

생각하고 바라는 삶을 살다가 천명이 다하여 기력이 쇠진하여 근심걱정 다 버리고, 자기 집에서 잠자는 듯 이 세상을 떠나는 것이 가장 좋은 모양이 아닐까. 그렇게 누구나 할 수 없는가.

나는 혈액암을 8년째 투병하면서도 하루하루의 생활이 의연毅然하기를 염원한다. 아이들에 무실역행務實力行 하라고 가훈을 정하고 실천하려 했으니, 노쇠기에는 보다 근검 의연함을 남기고 무실역행을 실천하다가 가는 것이 마지막 책무가 아닐까.

어찌하면 아름답게 생을 마감할까를 늘 생각한다. 나태해지려는 나의 행동을 의지로 체력을 관리하며 좌우에 부담을 주지 않고 최선을 다하다가, 병원 아닌 나의 방에서 의연한 행동과 사랑을 남기고 생을 마감하는 것이 내가 바라는 고종명이다.

# 사부곡

아버지는 삼형제 중 둘째로 칠남매의 정이 돈독하셨다. 장남의 말씀은 집안의 법이었다.

큰아버지는 전통이 있는 강릉 학산리 작은 시동댁詩洞宅 장손이며 유학자이시고, 지방의 어른 삼촌은 신학문을 배워 식민지시대 공무원이 되었다. 아버지는 한문 공부가 싫어 자원해 농부가 된 분이시다.

농사일은 누구보다 잘하셨다. 아버지가 맨 밭고랑은 풀씨 하나 남김 없어 비단길 같았다. 다른 분이 맨 골은 호미질 자국이 어설펐다. 그래서 나는 아버지가 신농神農씨 같은 분이라고 생각했다.

보다 많은 경작을 희망해도 땅이 없었다. 피땀으로 마련한 논밭 살 목돈을 당내 친척에 빌려주고 찔끔 몇 푼 받다가 떼이고도, 문중일이라면 앞장 서 일하셨다. 그런 음덕을 평생 베푼 덕에 오매불망 바라던 학산 양지마을 반듯한 터전에서 노년을 보내셨다.

"아버지, 광복 후 6·25동란 전, 둘째가 사범학교 입학시험에 합격했다고 찐빵 한 접시 사 주셔서 처음 맛본 그 기억 지금도 선합니다.

어려서 공부 안한 것을 평생 한탄하며, 일 잘하는 둘째를 중·고등학교 보내주어 공직자가 되어 나라 안 동서남북을 두루 구경할 수 있게 한 은혜 감사드립니다.

농사지어 가마니가 터지도록 가득 넣은 쌀가마를 작은아들 근무지로 보내준 아버지 마음 평생 저의 가슴에 새겨져 있습니다."

# 아버지 영혼이 계신 곳

　내가 평창에서 근무할 때다. 아버지께서 휴가를 얻어 집에 오란 연락이다. 며칠 휴가를 내 집에 가니, 내일 새벽 산으로 가자고 한다. 그래서 백두대간 상월산上月山 970m 아래 구의狗儀터령 810m로 갔다. 전에 오셔 두루 살핀 지형인지 한 지점을 골라 부자가 산에서 자며 2일에 걸쳐 가묘를 만들었다. 그리고 멀으니 매년 벌초 오지 않아도 좋다는 말씀을 덧붙이며 나에게 '자네가 나를 다음 이곳에 꼭 묻어주게.' 하며, 유언을 하신다.

　산은 깊고 멀다. 쉽게 접근할 수도 없는 국유지이다. 갈 때는 정선 임계를 지나 도전리를 거쳐 갔고, 올 때는 영을 넘어 이기를 지나 북평에서 버스를 타고 귀가했다. 자동차가 없던 시절 동해안 사람이 정선으로 왕래하는 길목이었으나, 차도가 생기고 나서 인적이 드문 곳이다. 장소는 삼척군 하장면 가목리로, 행정구역 개편으로 지금은 정선군 임계면 가목리로 된 곳이다.

　무엇이 좋아 '신후지지'로 정했느냐고 물으니, 높은 곳에 널찍하고 서울로 흐르는 남한강 발원지라 좋아서 정했다는 말씀이다. 평생 큰집 옆, 작은 터에 웅크리고 사시던 아버지가 사후에나 시원하고 높다란 곳에서 편히 계시고 싶은 마음을 느낄 수 있었다.

왜 형을 같이 동행하지 않았느냐고 하니, 가묘의 비밀이 이야기 중에 주변 사람에 샐까 봐서 그랬다는 것이다. 옛날 집안에서 가묘를 만들었는데, 출가한 딸이 시댁 상고가 낳을 때 묘 자리가 없는 것을 보고, 친정의 가묘를 말해 묘 자리를 잃은 선대의 고사가 있어 그랬다고 한다. 그 가묘에 아버지가 10년간 직접 벌초하시다가 희수稀壽에 작고하셨다.

내가 철원에서 근무할 때이다. 부음을 듣고 집에 도착하니 아버지를 가후 산에 모신다고 하고 있었다. 아버지 신후지지를 알지 못하는 장남으로는 가후 산에 모신다고 할 수 있는 일이다. 아버지 신후지지를 장남이 알지 못해 일어난 현상이다.

아버지의 만년유택

출가한 누님 두 분과 삼촌 사촌형의 지원을 얻어 아버지 가묘를 보고 결정하자고 했다. 처음으로 아버지 신후지지를 형과 나 매부 3명이 옛길 따라 가묘에 이르러 보고, 형이 마음을 돌려 아버지의 유해를 망인이 잡은 자리에 모시기로 했으며, 그 과정이 길어 7일장을 하였다. 유해는 GMC를 이용해 목상이 만든 산판 길로 해서 망가진 곳은 돌을 넣어 차가 갈 수 있도록 보수하면서 운구해 장례를 치렀다.

그렇게 멀고 험난한 곳이나, 지금은 국유림 임도가 개설되어 차를 세우고 30m만 걸으면 아버지 산소이다.

그 후 어머니도 아버지와 합장했다. 아버지의 영혼은 가목리에 계신다. 망인이 사후에 가실 자리를 정하셨고, 10년간 직접 가묘에 벌초 다니시며 산신에 고하며 영면하길 기원하며 염원한 곳이니.

# 만년유택 가꾸기

아버지 모신 곳은 국유지다. 모신 지 40년 이상을 평온하게 경과했으므로 민법상 분묘기지권이 있다. 부모의 영혼이 계신 곳이므로 오석 묘 표석에 '동강 강릉 김공 창기부부 가목 선지에 정좌 靜坐하시다.'라고 명기해 세웠다. 송림댁 중시조 묘는 가족 문화재로 구이터령에 영원하게 이어지길 희망한다.

아버지 모신 장소는 깊은 심산이다. 산돼지가 봉분을 망가뜨리는 피해를 방지하기 위해 만년유택에 돌 부침공사, 나무뿌리가 묘로 접근하지 못하게 주위 50cm 파고 생석회를 다져 넣은 공사, 모래로 돋우고 잔디 입히는 것 등은 내가 다했다.

묘소 관리권은 관습상 당연히 장손에 있다. 그러나 대법원 판례에 의하면 분묘를 수호 관리한 후손이 우선한다는 것이 명시되어 있으므로 아버지 산소에 관해 차남인 나의 의견도 강력히 주장할 수 있다고 생각한다. 나의 사후에라도 나의 의견을 장질은 이해하기 바란다.

심산 먼 곳의 벌초 부담이 있다. 그래서 정선군 임계면 반천리에 지목이 임이나 실제로 밭인 땅 450평을 내가 사서 그곳 분이 경작하고 아버지 산소에 벌초를 하도록 협약서를 작성해 관리하고 있으므로 이제는 먼 곳에 있는 자손의 벌초 부담도 덜었다.

아버지 유산은 전부 장남이 차지하고 나는 차남으로 단 한 평도 받지 못했으나, 아버지의 유언을 지키고 이행하기 위해 할 수 있는 것을 다한 것이다.

조상을 모신 납골 묘원은 살아 있는 후손이 편하기 위해 만든 것이지 돌아가신 조상의 뜻이 아니다. 백두대간 심산에 조상 묘가 있다는 것은 후손에게는 부담이다. 그러나 벌초 등 묘 관리가 지장 없이 되도록 조치되었다. 통제하던 임도를 추석 때에는 성묘하라고 개방한다. 임도 관리청에서 도로의 험한 곳은 시멘트로 포장하고 잘 관리 유지하고 있다.

강릉 김학산 종중 송림댁 후손은 추석 때 심산 맑은 공기를 흠뻑 마시고 보다 건강하기 위해 구이터령에 있는 할아버지의 산소에 참배하러 가시자!

상월산 구의터에
양친兩親이 정좌靜坐하셔

우러러 바라보며
문안問安 여쭈오니

청아靑雅한 선구폐월仙狗吠月로

평온不穩함을 이루리.


* 지금의 지도에는 이기령이라고 표시한 것이 있으나, 과거 5만부지 1지도에는 구이터령
  이다. 이기령이란 이름은 북평읍 이기리의 위로 올라온 길이므로 근래에 붙여진 이름
  이다.

# 겨울의 꽃 산수유 열매

정원에 산수유山茱萸 한 그루를 기른다. 춘천에 집을 짓고 나서 고향 큰댁 정원에 산수유를 기르던 기억이 연계되어 정원수로 산수유를 선택했다. 작은 묘목을 심었는데 20여 년 자라니 양팔을 벌리고 선 나무 모습은 풍성한 여인의 자태인 양 아름다운 정원수로 자리매김했다.

신장을 보호하는 한약재 나무란 생각뿐이었으나, 마주보며 정이 들었다. 산수유는 봄에 제일 먼저 꽃을 피우는 봄의 전령사다. 입춘 우수경칩을 지나며 봄의 기운을 느낄 때, 매일 산수유나무와 눈을 맞댄다.

추운 겨울 엄동설한 내내 가지 끝에서 찬바람을 이겨낸 봉오리가 드디어 봄기운을 맞으며 주먹을 펴듯 활짝 펴 노란 꽃을 피운다. 해동 후 3월, 진달래꽃보다도 훨씬 앞서 많은 2,30개의 꽃자루가 꽃대 봉오리에서 나와 산형으로 퍼져 노란 꽃을 이룬다. 남쪽에서 매화와 산수유축제를 할 적에 우리 산수유는 며칠 늦게 황금색 꽃으로 고움을 자랑한다. 산수유는 마음에 온화함을 느끼게 한다.

은은한 꽃의 향이 시들면서, 나무 아래 떨어져 황금빛 금가루를 뿌려 놓은 듯 곱게 나무 아래를 장식한다. 이어 꽃을 피운 봉오리에서 실같이 마주 보는 잎이 두 개씩 나오고 줄기 마디에서도 나와 길이 5~6센티, 폭 3~4센티의 잎을 피운다. 잎에는 길이로 줄무늬를 지니고 있으며, 봄의 힘을 실어 잎 앞면은 광택을 내면서 힘찬 푸르른 여름을 알린다.

그 사이 열매가 맺혀 여름내 자라다가 가을 11월에 잎의 보호를 받는 듯, 잎에 감싸여 있다가 다른 활엽수보다 늦게 낙엽져 떨어지면 잎에 싸여 빨갛게 익는 산수유 열매가 나보란 듯이 나타난다. 1.5센티 내외의 타원형의 붉은 열매가 영롱함을 자랑한다.

이 산수유 열매가 신장에 좋다는 한약재다. 채취한 씨에는 렉틴 Lectins이란 성분이 있어 해롭다고 함으로 씨를 발라내고 과육만을 한약재로 한다.

나는 산수유 아래 가지에서 몇 개 따 씨를 발라 가끔 끓여먹을 차 재료로 하고, 온 나무의 열매는 열린 그대로 따지 않고 둔다. 겨울에 정원의 모든 활엽수 잎이 다 떨어져 삭막할 때에도 풍만하게 달린 산수유 열매는 붉은 꽃이 되어 정원을 아름답게 한다.

대부분의 나무 열매와 과일은 제때 따지 않으면 저절로 다 떨어져 땅으로 귀향한다. 높은 산에 잘 자라는 마가목도 초겨울에는 붉고 고운 작은 열매를 주렁주렁 달고 아름다움을 자랑하지만 겨울을 지내다 보면 다 떨어진다.

산수유열매는 인위적으로 따지 않으면 겨우내 달린 모양대로 그냥 달려 있다. 수분이 말라 좀 쪼그라들 뿐이다. 소한 대한 추위에도 나보란 듯이 붉은 색을 뽐낸다. 흰 눈이 내려 온천지를 은백색의 세상을 만들 때에 산수유열매가 눈을 이고 있는 모습, 붉은 열매와 흰 눈이 어우러져 더욱 아름답게 빛난다.

겨우내 주먹을 쥐고 추위와 맞서며 겨울의 추위를 감내하던 새로운 산수유 꽃봉오리가 펼치려고 할 적에 참새 같은 작은 새 몇 마리가 산수유나무에 오르내린다. 씨에 독이 있어서인가 새도 겨울지난 산수유 열매를 통째로 먹지 않는다. 가지에 붙은 산수유 열매를 쪼아 과육만을 먹는 듯하다. 이렇게 며칠 지나면 나무 밑에는 엄동설한에도 끈질기게 매달려 있던 열매 대부분이 나무 아래에 떨어져 있고, 과육은 새가 먹고 씨만이 있는 것도 많다.

나무의 주인이 열매를 따주지 않으므로, 새해 새로운 꽃을 피우고 열매를 맺으라고 새가 와서 씨앗을 따준 격이다. 연륜年輪의 순환 진리를 새가 도와준다.

(2016.)

# 드디어 갓바위에 오른 대구 나들이

팔공산에 있는 석조여래좌상, 일명 갓바위를 찾아간다. '海東第
一祈禱聖地해동제일기도성지'라는 현판을 달고 있는 팔공산 선본사
의 일주문을 지나서 경사지를 10여 분 걸으니 까마득하게 계단이
이어진다. 건강한 사람은 30분 거리로 갈 수 있는 거리라고 한다.
대구 동화사는 전에 보았지만 사찰 뒤 팔공산 관봉 정상부에 있는
갓바위는 멀고 힘들어 감히 갈 용기가 없어 결단을 못했던 곳이다.
더 쉽게 오를 수 있다는 경산시 방면에서 갓바위를 향해 걷는다.

끝없이 이어진 계단을 한 계단 한 계단씩 걸으며, 계단 따라
설치된 보조 파이프를 자주 잡으며 걷는다. 얼마를 걷다 보니 30
대의 젊은 여인들이 걷는 내 모습이 안타까운지 '손을 잡아 드릴
까요!' 하고 도움을 준다기에 고맙다 말하고 사양했다. 숨을 고르
며 보니 나이 많아 보이는 분이 자녀들의 도움으로 조심스럽게
계단을 내려온다. 반갑게 인사하며 손을 잡고, '하산하는 손님 중
에 제일 나이 많아 보입니다. 연세가 얼마입니까?' 물으니, 77세

라고 한다. 나의 나이를 물어 조금 더 많은 81세라고 대답하고, 내려 갈 때 다칠 위험이 더 많으니 조심하라고 하며, 헤어졌다. 우리 일행 5명은 망구望九(81세)에서 미수米壽(88세)까지의 젊은 보호자 없는 기로耆老 관객이지만 생년월일로 따져 내가 나이 가장 아래지만 제일 허약하다. 다발성골수종 혈액암을 앓고 있는 나는 체력관리를 위해 일주일에 다섯 번씩 30분 걸으라는 5·30 걷기를 열심히 한 것을 믿고 오늘 갓바위 관광에 도전한 것이다.

한발 한발 오르다 선본사 삼선각 옆에 있는 시원한 샘물로 목을 적시고 신라 3대왕을 연상하는 유리광전琉璃光展을 지나 드디어 해발 850m에 위치한 관봉 정상에 위치한 보물431호 석조여래좌상에 이르렀다. 위치가 경상북도 경산시 와촌면 대한리이고 경산시 관내의 사찰경내이니, 경산시 방면의 급한 경사진 길 1km의 거리로 바르게 찾아온 것이다.

주위 아름다운 경관이 발아래 펼쳐있고, 우측과 뒤로 큰 암석을 두고 자연석 갓을 쓰고 동향으로 앉아 있는 석불은 찾아온 여러 중생을 바라본다. 근엄한 모습이다. 자연석 갓을 쓴 모습도 기이하지만 석불의 귀가 유별나게 커 보인다. 정성을 다해 기도하면 한가지 소원은 들어준다는 돌부처님이니 중생의 여러 말을 다 듣는 귀이므로 저렇게 큰가, 귓밥이 목에까지 이르렀다. 통일신라시대 의현대사가 돌아가신 어머니의 영혼을 위로하기 위해 만든 돌부처님으로 기이한 유산이다. 그리고 보면 경산은 원효대사와 설총과 일연 스님이 출생한 곳이니, 불교의 맥이 이어진 유서 깊은 곳이다.

모든 분들이 석불을 향해 소원을 기도한다. '혈액암 7년째 투병 중입니다. 주위에 부담주지 않고 의연히 사는 건강과 지혜를 주십시오!'라고 나도 심축했다.

한참 후 등산 열기를 식히고, 다시 하산했다. 조심하며 쓰러지지 않으려고 계단 옆 보조용 파이프를 여러 번 잡았다. 높고 긴 계단의 수를 세며 내려왔다. 내려와 경산시 문화재 해설사 임양에게 물으니 842계단이라고 한다. 내가 센 수와 일치하지 않으나 십 단위까지 맞게 센 것으로 자위했다.

우리 일행을 맞아준 고교동창의 차로 다시 대구광역시 방면에서 동화사를 보고, 귀로에 우리나라 북방외교의 공이 큰 노태우 대통령 생가에 들렀다. 기역자로 배치된 한옥 옆에 노대통령의 동상이 세워져 있다. 노 대통령 동상의 귀도 갓바위 석불모양으로 대단히 커 보인다. 그래서 주장하기보다 주변의 말을 잘 듣고 따르는 대통령이었나.

동대구역 주변에서 부산역 부근 호텔에 못지않은 염가의 모텔에서 일박하고, 대구시티투어에 탑승해 도심순환코스 중의 경상 감영공원을 본 다음 두 번째로 달성공원에 이르렀다. 각종 동물을 부담 없이 편히 볼 수 있고, 역사와 전통적 긍지를 느끼게 하는 넓고 아름다운 문화 공간이다. 이렇게 좋은 공원의 관람은 누구나 무료이다. 남녀노소 많은 분들이 즐겁게 노닐며 쉬고 있다. 어른 따라 온 아들이 마음껏 뛰논다.

나는 직업교육이 가장 많은 공직에 근무했다. 계급이 올라 갈

때마다 기본교육을 받아야 하고, 전문직 실무 교육을 합숙해 받으며 전국에서 온 동료들을 많이 만났다. 그 중 대구에서 온 분들이 자기 주장을 소신 게 잘하는 것을 느낀 적이 있다. 달성공원에서 보니 이렇게 좋은 환경에서 호연지기를 흡입하며 자랐으니 그렇구나 하는 생각을 순간적으로 했다.

다음으로 달성공원에서 멀지 않은 서문시장에서 조선조부터 평양, 강경과 더불어 전국 3대 시장의 전통과 맥이 이어졌다고 느꼈다. 시장을 찾은 손님이 많고, 좌판식당에서 수많은 분이 더불어 중식을 하는 것이 새롭게 보인다. 가로에 진열된 생활필수품의 가격표시를 보아 싸다는 것도 쉽게 알 수 있었다.

주말을 맞아 수많은 시민이 벚꽃 만개한 이월드 두류공원과 유원지로 파도같이 모여들어 2시간짜리 도심순환 시티투어 차가 4시간이나 걸렸다. 차량에서 그간 참은 것보다 더 힘든 교통지체 인내 교육을 받고, 간발의 차로 예약된 고속버스로 귀환할 수 있었다.

(2016. 4.)

# 3부

# 노사구의
# 소정묘 처벌

이에 대해 공자는 천하에는 큰 죄 다섯 가지가 있다며, 그 첫째가 마음이 반역하고자 하는 위험한 생각을 하는 것이고,

둘째로 행실이 편벽되고 고집스러운 것이고,

셋째로 거짓된 말을 하고 변론을 잘하는 것이다.

넷째로 의리와 무관하게 가볍고 추한 것만 기억하고 잡다하게 아는 것이다.

다섯째로 그릇된 일만 따르면서 자신의 몸만 기름지게 하는 것이다. 사람이 이 다섯 가지 중에 하나만 범해도 죽음을 면치 못할 것인데 소정묘는 이 다섯 가지 죄를 모두 저질렀으니 도저히 용서할 수 없다.

그는 무리를 모아 파당을 이루고 있는 간웅奸雄이니 제거해 내지 않을 수 없다고 했다.

# 노사구의 소정묘 처벌

공자를 노사구로 표현한 글이 있다. 신라시대 대학자 고운 최치원 선생은 화랑난만비 서문에서 '우리나라는 옛부터 풍류風流란 현묘한 도道가 있었다'고 하며, 풍류는 유불선儒佛仙의 좋은 점을 다 포함한 도라는 설명에서 '가정에서 효도하고 나라에 충성하는 것은 노사구魯司寇가 가르친 뜻이라고 入則孝於家 出則忠於國 魯司寇之旨也' 하여, 공자를 노사구로 표현했다.

공자는 20세 전후 회계 출납직 위리委吏와 목장의 경영직인 사직司直을 경험했다. 50세 초반에는 현령에 해당되는 중도재中都宰란 공무를 담당한 후, 52세에 노나라의 대 사구司寇로 임용되었다.

노나라 대사구대大司寇는 현 법무부장관과 사법부의 재판관의 권한을 포함한 직책일 것이다. 대사구직을 담당한 지 7일 만에 귀족이며 대부인 소정묘少正卯를 사형시켰다. 이에 제자인 자공이 물었다. '소정묘는 노나라에 널리 알려진 사람인데 지금 선생께서 정사에 나오셔서 그를 표적 삼아 죽이셨으니 혹 실수하신 것은 아닌지요?'라고.

이에 대해 공자는 천하에는 큰 죄 다섯 가지가 있다며, 그 첫째가 마음이 반역하고자 하는 위험한 생각을 하는 것이고, 둘째로 행실이 편벽되고 고집스러운 것이고, 셋째로 거짓된 말을 하고 변론을 잘하는 것이다. 넷째로 의리와 무관하게 가볍고 추한 것만 기억하고 잡다하게 아는 것이다. 다섯째로 그릇된 일만 따르면서 자신의 몸만 기름지게 하는 것이다. 사람이 이 다섯 가지 중에 하나만 범해도 죽음을 면치 못할 것인데 소정묘는 이 다섯 가지 죄를 모두 저질렀으니 도저히 용서할 수 없다. 그는 무리를 모아 파당을 이루고 있는 간웅奸雄이니 제거해내지 않을 수 없다고 했다.

제자에게 사형의 당위성을 설명한 다섯 가지를 현 시대의 관점에서 보면 첫째는 내란음모에 해당될 것이다. 두 번째는 편향된 시각을 버리지 못한 이념적 종북 세력이 해당되지 않을까. 세 번째는 부정과 불법행위를 한 자임을 알면서도 돈에 의해 양심을 버린 변론과 변호, 평온한 체제를 전복하려는 악마를 변호하는 자가 해당될 것이다. 네 번째는 정통적인 학설이나 긍정적인 이론을 벗어나 저속한 이론을 조작 유포 혹세무민하는 행위가 해당되지 않을까. 마지막은 부도덕한 기업인이나 갈취 폭력배가 해당될 것이다.

공자는 인仁에 대한 설명으로 박애博愛 도道 덕德 선善을 칭송하였고, 제자 번지樊遲의 물음에 사람을 사랑하는 것이 인仁이라 하며, 인의예지仁義禮智의 덕목을 평생 실천하며 가르치던 대스승이며 학자이시다. 30에 자기 학문을 세웠고而立, 40세에 이르러 의혹을 없앴으며不惑, 50에 천명을 알았다知天命고 한 큰 스승이 대사구 직을 담당하자마자 간웅이라고 당시 대부의 반열에 있는 귀족을 사형시켰다.

공자는 중국 고대국가 주나라의 전통을 찬미하고, 춘추전국시대 역사를 보며 긍정적 가치를 옹호한 생활 철학자이다. 그 노사구가 환생하여 현재의 대한민국에 왔다면 무엇부터 할 것인가.

휴전상태인 나라에서 적이 좋아하는 혼란을 야기해 스스로 도괴되도록 하려는 2중 적을 안고 있는 나라이다. 정도를 걷는 지도자가 건실하게 앞으로 가려 해도 뒷받침이 잘되지 않은 세태다. 아전인수적 교언영색의 말로 언론을 도배하는 간웅이 선량한 탈을 쓰고 날뛰는 곳이 정치권이다. 국회의원이 자기들의 보신법으로 국회에서 나라를 더욱 혼란하게 하는 세태가 비일비재하다. 지금 대한민국에는 정치적 간웅奸雄의 물결이 넘실거린다. 그러나 저들에게 경각심을 주는 국회 해산법도 없다.

법의 상징이고 지킴이인 법 집행자 제복경찰이 거리에서 불법 시위꾼에게 맞는 나라가 망하지 않는 것을 이상하게 생각하고 놀랄 것이다.

당시 대부는 지금의 국회의원쯤 되는 귀족일 것이다. 그래서 세계 4대 성인이며 대학자인 노사구는 우선 판단할 것이다. 한국판 소정묘가 국민의 대표자로 되지 않아야 한다고. 그리고 그들이 무절제하게 뿜어내는 혼란한 기운부터 제거해야 나라가 안정된다고 생각할 것이다. 국회의 간웅을 국민의 안목으로 도태할 수 없는 세태이니, 헌법 개정운동으로 국회 해산권부터 만들자고 국민운동을 전개하지 않을까. 그리고 사회질서를 안 지키는 위법 행위자에게 엄격한 법집행을 요구하지 않을까.

또 국민 유권자 대다수가 노사구가 되어 한국판 소정묘를 선거로 걸러 지도자급에 이르지 못하도록 하는 세상이 되어야 한다고 생각할 것이다.

법치의 나라에서 법을 비웃는 정치가 영웅적 행동이 아니다. 정치인은 전통적이고 긍정적인 이념과 법치의 원칙을 갖고 의연해야 나라가 안 망한다. 그리고 지식인은 앎을 실천하는 교양인이 되어, 평범한 시민의 수범자가 되어야 한다.

현대판 소정묘가 발붙일 수 없는 나라가 안정되고 건실하게 발전할 수 있다고 생각한다.

# 개구멍 통로로 변한 대학교 정문 도로

　국립강원대학교는 1947년 강원 도립 춘천농업대학으로 시작
했다. 1953년 국립대학으로 되어 춘천시 효자동 산록 캠퍼스로
이전하였다.

　학교는 건물이 있어야 하나 그보다 접근하는 도로가 먼저 있어
야 한다. 국립농과 대학으로 통하는 도로가 지금의 효제초등학교
옆을 지나 대학으로 가는 길이 유일한 대학 출입 정문도로였다.
새로운 지금의 도로 명칭은 백령로 83번길이다. 강원대학은 정문
이 두 번 세 번 바뀌어 옛 정문은 체육관 쪽 측문의 신세로 되었다
가 그 측문도 1990년 중반 백령로가 개설되면서 도보 출입문 형
태로 남아 있다.

　도시의 외곽도로가 개설되기 전에는 미개발지 강원대학교의 정
문 부근은 이 길밖에 없었다. 나도 67년 춘천으로 발령을 받고
이삿짐을 대학 정문 앞 토담집으로 옮길 적에 차량으로 이 길을
이용했다.

효제초등학교 방향에서 대학으로 진입하는 마지막 토지, 지금의 백령로 83번길 1의 땅 몇 평이 묘한 문제를 남겼다.

학교 진입도로 개설당시 토지 소유자는 여余기사余技士이다. 여기사는 차량 계속 사용 검사 담당자로 재력도 있었다. 도로개설 시에 도로 편입 면적을 기증했거나, 국가가 매입했을 것이다. 그러나 등기상 정리되지 않고, 여기사 사망 후 그 자손들은 지목이 전田으로 된 밭을 도로를 포함해 전부 타인에게 팔았다. 밭을 구입한 자는 도로에 대문을 만들어 달고, 통행 시비를 시작했다. 그 토지의 주인이 바뀔 때마다 같은 시비가 나면 동사무소와 시 건설국 직원이 현지에 나와 '뭇사람이 통행하는 도로에 문을 해 달아 통행을 방해'하면 법에 어긋난다는 설득으로 현재까지 이어왔다.

신주소 도로명 백령로 83번 길, 문제의 땅은 83번길 1이고 3, 5, 7, 9번이 효제초등학교 옆에 있고 학교 앞으로 11, 13… 등 이어지고 있다.

2012년 말에 83번길 1을 구입한 분이 구거에 건축한 구건물을 헐고 신축허가를 받아 2013년 건축을 하며 이해하기 힘든 일이 발생했다.

지적도상 개인토지라고 하더라도 엄연히 공공이 통하는 도로이므로 통행에 지장을 주어서는 안 된다고 하던 행정기관이 어떻게 도로를 점유하는 건축허가를 했을까? 서울은 이런 상황을 방송 보도에 의하면 '2가구 이상이 통하는 도로'는 막을 수 없다고 하던데, 백령로 83번길 3, 5, 7, 9의 집들이 통행하는 도로이고, 여러

집의 후문 도로이고, 뭇 학생이 출입하는 학교 후문이 있는 도로인데, 춘천시는 서울과 규정이 다른가.

허가 직전 도로로 사용하려면 도로에 편입된 땅을 주민이 사라는 말이 유포되더니 건축허가가 났다. 이 허가는 공무원이 허가 요구자의 편에서 행정을 한 결과가 아니면 불가능한 허가라고 생각된다. 합법의 형식을 취했을지 모르나 합리적 허가는 절대 아니다.

그 땅 일부는 과거 학교시설부지에 포함되었다고 하던데, 건축허가 전에 합법적 절차와 방법으로 학교시설부지를 해제하였는가.

2013년 3월 8일 인근에 거주하는 나는 부지 정리하는 것을 보고 건축허가를 할 것 같아서 시에 '하수구 구거 확보'란 제목으로 그 대지를 통해서 내려가는 구거를 확보하여 달라고 요청한 사실이 있다. 예상지 못할 많은 양의 빗물이 효제초등학교 뒤 삼거리 신호등이 있는 삼각형 분지로 된 도로상으로 모이게 되면, 기존 하수구 구거 방향으로 물이 내려가도록 하수공사를 하여 달라는 요청을 서류상으로 하였다. 또 지금 하수공사를 즉시 못하면 후일 하수관 매설 공사를 할 때 문제가 없도록 구거를 확보해 달라고까지 하였을 때, 방문한 관계 공무원의 말에 의하면 그곳으로 내려가는 구거 일부가 몇 미터가 개인 땅이 되었다고 한다. 나라의 소유 구거가 개인 땅으로 되었다는 것은 이권자와 지적도 담당 공무원의 합작한 결과가 아닌가.

건축공사가 다 되어 현장을 가보니, 구거 공사용 부지의 고려없이 건축하여 추후 구거 공사도 하지 못하게 되었다. 옛 강원대학으로 이어지던 차가 통행하던 도로는 백령로 83번길 1의 밑 차고를 통해 개구멍같이 되어 도보 통행자만 머리가 부딪치는 것을 염려하며 겨우 다니게 되었다. 허가 당시 L 춘천시장도 이 길로 강원대학을 등교했을 것인데, 이런 허가 내용을 알기는 하는가.

개구멍으로 변한 대학정문 길

문제의 이상한 건물 건축시에도 대형 건설장비와 건축자재 운반차도 백령로 83의 1번 길로 접근하여 건축하였다.

건축허가를 신청만 하면 기속행정으로 허가할 수밖에 없는가. 새 도로를 만들기 위해 많은 예산을 들여 보상하며, 약사천 부근을 공원화하여 보다 시민을 편안하게 하는 시대인데, 역사적 전통이 있는 대학 정문 길을 이런 개구멍 통로로 만든 것은 표본적인 이상한 건축허가라고 생각한다.

이순耳順의 나이를 넘어 산수傘壽 가깝도록 이곳에서 살면서 춘천시와 강원대학의 발전을 보며 기쁘게 살아온 나의 식견으로 시의 건축 행정이 이해되지 않는다.

(2013. 11.)

# 본전 마작

마작麻雀을 주 1회 한다. 무료한 일요일 오후, 고정 장소에 모인다. 마작 회원은 고정된 4명이다. 회원은 모두 산수傘数(80세) 이상으로 공무원 연금으로 생활하는 분들이다. 방법은 4명이 의자에 앉아서 상위에서 한다. 한 판 끝나면 한 사람 교체해서 한다. 통칭 3마이다.

마작은 패를 세 사람이 두 개씩 포개어 17패를 엎어 쌓아 놓고, 먼저 하는 자는 하나 많은 18패를 쌓아 놓고 시작한다. 주사위를 쳐서 그 수에 따라 쌓아둔 마작을 네 패씩 떼어가 열세 패를 앞에 세워놓고 그 다음부터 한 패씩 순서대로 떼어가서 조패를 한다. 지난번의 승자, 먼저 하는 분은 한 패 많은 14패에서 필요없는 한 패를 버리며 시작한다.

우리가 하는 마작놀이는 단순하다. 남이 내는 패에 자기 패 두 개가 같으면 덧씌우는 뽕이 없다. 단 4판 이상이 완성된 때의 끝내기 뽕은 있다. 돈내기 놀음 장소의 마작은 자기가 한 버린 패를 남이 모르게 하려는 심정이 포함되어 섞어버린다. 그러나 우리가 하는 마작은 자기가 내는 쪽은 반드시 자기 앞에 다섯 쪽씩 진열하여 누가 무엇을 냈는지 알 수 있게 한다. 뽕이 없으므로 조패하는 순서도 차례대로 하며, 실수 없이 조패하려고 노력한다. 패를 떠와 14패에서 4점 이상을 먼저 완성한 사람이 승자가 된다.

패자는 한 점에 백 원씩 승자에게 백 원짜리 동전으로 값을 치른다. 그렇게 놀다 보면 날짜 따라 운이 다른지 잘되는 날도 있고 안 되는 날도 있다. 잘되는 날 많이 따면 5~6천원, 많이 잃어도 그 정도다. 그러나 놀이가 끝나면 승패 금액 없이 시작할 때의 본전만을 자기 소유로 하니 잃은 자도 없고 딴 자도 없다. 그러고 나서 대중식당에서 한 사람씩 유사제로 저녁을 먹고 헤어진다.

마작은 고스톱보다는 어렵다. 그러나 마작의 용어와 계산방법을 알면 아주 평범한 놀이다. 나는 아직도 마작용어와 계산방법이 서툴러 복잡한 한 판을 하면 잘하는 분에게 판수를 세어 달라고 하는 때가 많다. 처음 배울 때 '칠 대작'이라고 두 쪽 같은 것 7곱 패만 맞추면 된다는 설명을 듣고, 같이 하면서 마작을 배웠다.

먼저 하는 선수자가 패 14장을 떠 왔을 적에 완성된 것을 천화天和와 다음 번째의 하는 자가 처음 한 장 떠 와서 만관으로 완성된 것을 지화地和라 하고, 처음 패를 세워둔 상태에서 남이 내어주어 만관에 이르는 인화人和는 평생 한번 하면 영광이라는데, 나는 아직 천화나 지화나 인화하는 것을 구경한 적도 없다. 또 통수나 만수 패 한가지만으로 1~9까지 구성되어 있으며, 아무 패를 떠 와

도 완성되는 것을 구련 보등 이라고 한다는데, 그런 패를 내가 한 번 해보았으면 한다.

놀이가 끝나서 원래의 금액으로 환원하지만 하는 동안은 따려고 하는 심정은 마작의 속성이다. 신경을 쓰며 남의 내는 패를 보며 자기가 치이지 않도록 노력한다. 도박의 근성이 마작하는 동안 나온다. 잠시 순간이지만 잃으면 싫고 따면 좋다. 마작은 도박의 묘한 중독성이 있어서 그렇다. 중화인민공화국을 세우고 정신 개혁을 하려고 한 모택동도 싱가포르를 세운 이광요도 화교권 마작은 금지하지 못한 묘한 마력과 중독성이 있다.

마작의 발생지는 중국이다. 요순 다음의 우왕禹王시대로 파림巴林이라 하는 패놀이가 마작의 시원이라고 말하나, 지금의 마작과 다른 골패 같은 것을 의미하는 듯하다. 시대 따라 그 방법이 개선 발전해서 명나라 시대는 40개의 패놀이가 마조馬弔에 의해 정해지고 청나라 시대에 와서 108패로 변하고, 수호지 소설 양산박 108호걸을 상징한다고 한다.

우리나라에는 장약용丁若鏞의 글에 마조강패馬弔江牌란 것이 있으므로 17세기 전에 마작이 도입된 것으로 본다. 마작은 한문 문화권에는 널리 펴졌다. 중국은 매란국죽梅蘭菊竹의 꽃패와 삭수패索數牌를 넣어 더 많은 패로 하나, 한국은 예비패 백판 4패는 별도하고 통수筒數와 만수萬數 한문자패 등 104패로만 한다.

우리가 하는 마작은 치매癡呆예방이다. 열 손가락을 다 사용해 패를 쌓고, 할 때 한 장씩 떠 오며, 알 그림으로 수를 표시하는 통수 36패와 숫자를 표시한 만수 36패 동서남북東西南北의 바람패 16쪽과 백발중白發中의 삼원 12패 춘하추동春夏秋冬의 꽃패 4쪽 등 한문문자패로 마작 규칙에 맞게 수를 세며 조패하는 것은 '손가락을 쉴 새 없이 사용하고 머리를 쉼 없이 궁리하면서 조패해야 하므로' 치매예방이다.

우리가 하는 마작은 도박이 아니다. 마작을 몇 시간 놀아도 잃은 사람도 없고 딴 사람도 없는 본전이기 때문이다. 치매 예방을 위해 가장 한가하고 무료한 시간의 오락이다. 형법상에도 일시적 오락은 벌하지 않는다고 명시되어 있는 것은 마치 우리를 위해 만든 법조문 같아서 감사하다.

가족끼리 모여서 화투 돈내기 고스톱하는 것보다는 월등히 좋은 오락이다. 다음 일요일 오후에도 우리 회원이 건강하게 다시 모여 본전 마작을 할 수 있기를 바란다.

(2016.)

# 생기가 감도는 풍물시장

풍물이란 이름에서 서민의 친밀감이 우러난다. 춘천시 남춘천역 고가 철로 아래에 춘천 풍물시장이 있다. 풍물시장 상인들은 시내 명동에서 떠밀려 약사천 복개공사 위 시장을 거쳐, 다시 3번째로 정착한 곳이 지금의 장소이다.

처음 명동의 노점상에서 약사천 복개천 시장으로 유치할 적에는 관계기관의 설득만으로 되지 않았다. 이전 시에는 체력적 항의로 시관계 공무원과 경찰의 지원으로 마무리되었다. 그리고 20여 년간 약사천 풍물시장에서 다시 남춘천 고가 철로 밑으로 이동할 적에는 보다 좋은 여건을 얻기 위한 상인들의 조직적인 목소리를 표하다가 합의로 이동되었다. 그리고 2010년 12월 시장등록이 이루어져 이제는 생동감 넘치는 시장으로 활성화되었다.

2일 7일 장날에는 2,300여 평방미터 안에 연고권으로 이전한 기존의 143점포의 통로에 난장 상인 수백 명이 찾아와 좌판을 벌이고, 다양한 상품을 진열함으로 그야말로 풍성한 풍물시장이다.

계절적으로 생산되는 지방의 생산 상품을 쉽게 값싸게 구입할 수 있다. 봄에는 산에서 나는 두릅 산나물, 겨울철 방에서 뜸 띄운 메주가 인기 상품이다. 시장에는 삶의 아우성이 가득 퍼지며 생기가 넘쳐 흐른다.

장날에 찾아온 이동식 가게의 상품은 진기하고 다양하다. 통로에 사람이 넘쳐 스치고 부딪치며 지나가는 것이 다반사이다. 이동식 텐트 음식점에는 좌석이 없어 못 앉는다. 가격표를 보니 기존 상가의 음식점 가격보다 싸다. 지방 향토문화 축제 행사를 연상케 한다. 손님이 다양하고 많다. 찾는 손님이 많으니 생기가 날 수밖에 없지 않은가.

아낙들이 아는 낯을 발견하고 구수하고 어눌한 지방 억양으로 인사하고 반기는 소리도 듣기 좋다.

진열된 고정 상가의 이름도 풍물이 많다. 풍물 수산, 풍물 약초, 풍물 슈퍼, 풍물 그릇, 풍물 기름집 등등 풍물이란 이름이 수없이 이어진다.

행정지도로 10평 정도의 같은 모양의 상점에 아담하게 부착된 간판은 무질서하게 걸려 있는 다른 지역의 간판과 대조적이다.

나는 홍화씨 차를 만들려고 풍물시장을 찾았다. 기존 한약재 재료 상가보다 값이 싸다. 이래서 풍물시장를 찾는구나 생각했다.

남춘천역에서 내려 도보로 5분 이내에 풍물시장에 다다를 수 있다. 2 · 7 장날에는 경기 서울권 노년층 아주머니들이 등산복 차림으로 배낭을 메고 전철을 타고 춘천 풍물시장을 찾아와 생기

물씬 풍기는 값싼 향토 점심을 먹고, 마음에 드는 싼 물건을 사 가지고 상경한다. 이렇게 수도권에 사시는 분들이 춘천 풍물시장에 장보러 오는 곳이 되었다.

약사천 시장 때보다 수입이 늘었다고, 상인의 공통된 목소리다. 행정력으로 옮긴 풍물시장이 빛이 난다. 상설시장화된 춘천 풍물시장은 지방 사람뿐 아니라 이제는 경춘 전철을 타고 관광객도 찾아오니, 생기를 더욱 보태는 시장이 된 것이다.

2014년 8월 5일부터 새벽에 열리는 농산물 번개지장이 풍물시장에 옮겨 와 생기를 더한다.

풍물시장은 상인이 생기를 만드는 곳이고, 서민이 생기를 찾는 곳, 찾아온 고객은 생기를 맛보는 곳이다.

# 줄 돈을 늦게 주는 상술

　강릉이 고향이어서 자주 강릉에 가게 된다. 나이 많은 처지에 친인척 집에서 자는 것이 모두에게 불편하여 고향 방문 시 편히 쉬려고 별장식 콘도라고 선전하는 블루힐에 임대차 계약을 하게 되었다. 계좌번호를 알려주어 계약금 일백만 원을 구좌 송금하니 10만 원을 감해주어 총 790만 원으로 3년간 임대차계약서 작성으로 회원이 되었다.

　계약기간이 만료되어 해지 통보를 했다. 전국의 타 유명 업소와 협의되어 경주 제주 등 다른 휴양시설도 이용할 수 있다며, 계속 회원으로 잔류할 것을 종용한다. 더 휴양시설을 사용할 수 없는 나의 개인 사정을 의사의 진단서까지 첨부하여 내용증명으로 발송하고 호소해도 해지 담당 본부장과는 전화연락도 되지 않는다.

　규정에 의해 계약일 만료 60일 내에 계약금 반환을 하도록 되어 있으나 가입금 반환이 없다.

　법무사를 통해 지급 명령을 신청하였으나 블루힐에서는 이의 신청을 하여 결국 법원의 본안소송까지 가게 되었다.

이에 따라 1개월에 한 번씩 하는 민사재판에 의해 세 번에 걸친 심리가 있었으나 피고측은 한 번도 법정에 출석하지 않고 궐석재판으로 춘천지방법원에서 원금반환과 지연 기간에 대한 대법원이 인정한 연 20%의 금리를 지불하라는 판결을 받았다.

법원의 판결 받은 후, 회사 측에서는 경남은행에 돈이 있으면 압류하면 지불된다고 하였다. 그래서 서울중앙지방법원에 경남은행을 채권압류 추심을 했다.

추심압류가 송달되는 기간을 고려하여 서울 강남구 대치동에 있는 경남은행 강남지점에 가서 확인하니, 그 계좌에는 실익이 없다는 답변이다. 나 같은 해지자가 보증금을 받지 못하는 분이 많다는 이야기다.

다시 경남은행에서 잔고가 없다는 답변이라고 호소하고 여름 성수기를 맞았으니, 9월 말까지 지불하겠다는 답변이다. 기다렸다. 그러나 10월이 되어도 계약금 반환이 없고, 전화 연결도 되지 않는다.

동아일보 광고란에는 배우 엄〇〇과 개그맨 최〇〇 등 여러 명이 '바닷가 별장 구입'으로 선전하고 있다. 또 중앙일보 전면광고란 '970만원에 바닷가 별장을 사다'라는 광고도 볼 수 있다. 이것은 만기된 고객의 가입금은 반환하지 않으면서 계속해 사업 선전하는 실태이다.

나는 공직 36년간 경찰에 종사했다. 형사사건은 많이 취급했으나 민사사건은 잘 모른다. 민사사건으로 판사의 판결까지 받았으나 돈은 받을 방법이 없다.

서울 본사는 타인의 건물에 있는 사무실 같고, 영업장소인 강릉 주문진의 업소는 등기상 회사 명의와 일치하지 않아 강제 집행을 할 수 없다는 것이 집달관의 소견이다.

신문에 난 회원모집 광고를 가지고 타인을 시켜 회원 가입하려는 양 물으니 팩스로 가입신청서와 송금 은행계좌를 알려준다. 그 가입신청서를 확인하니, 전 대표자와 같은 주소에 대표자 황○○ 88년생으로 하여 블루힐투어란 주식회사이다. 거래 은행도 변경되었다.

회사는 남편 황모 씨가 실제로 운영하며, 처를 서류상 대표이사로 한 회사다. 같은 주소에 사는 아들로 추정되는 자의 명의로 '투어'란 두 자를 넣은 유령회사를 또 등기하여 놓고 대외적으로는 옛 명칭으로 운영하는 행태였다.

일반 고객인 양 강릉사업장으로 전화하니, 항상 방이 만원이며 관광버스까지 운영한다고 자랑이다. 회사는 잘 운영되는데도 해지 고객의 돈을 되도록 안 주는 행태이다.

회사 명칭 가운데 투어란 용어를 삽입한 유령회사를 어린 자식을 대표이사로 등기해 놓고 위장운영하며, 위장회사 구좌로 자금을 거래함으로 회원의 채권확보를 하지 못하게 운용함은 지능적인 형법상 '강제 집행 면탈죄'가 성립된다고 생각된다.

강제집행 면탈죄에 해당된다고 사업장소인 강릉경찰서에 진정

했다. 경찰의 출석 요구서를 받고 나서야 회사 상무가 직접 연락하며 원리금을 즉시 반환해, 못 받던 돈을 받았다. 몇 푼 안 되나 투병중인 퇴직 공무원에게는 그 돈이면 큰 금액이다.

자금이 있으면서도 되도록 지급해야 할 돈을 늦게 주며, 영업하는 것이 그들의 회사 운영 방법인 것 같다. 법을 가장 지능적으로 악용하는 기업이고, 신뢰사회에 기생충 생리의 사업자이다.

# 기로층의 바른 소리

　기로耆老는 예순 살 이상의 노인을 칭하는 말이다. 공직에서는 60세면 정년을 맞는 때이다. 우리 조상은 평균수명 4~50세일 때, 기량 있는 노인을 뽑아 관리로 채용한 적이 있다.

　국왕이나 왕비 대왕대비 등의 나이가 60세 또는 70세가 되었을 때, 이를 기념하기 위하여 60세 이상이나 70세 이상으로 제한하여 문과나 무과 공히 단 한 과목 시험으로 인재를 발탁했다.

　기로 과거科擧는 처음 영조 32년 1756년 대비 인원왕후 70세 생신을 기념하여 창경궁에서 60세 이상을 응시자로 실시했다. 그 후 영조 때 여러 번 실시하고, 철종과 고종 때에도 실시하여 나이 많은 인재 약간 명을 선발 등과시켜 국가에 헌신하도록 했다.

　그런데 평균 수명 80세이며 100세를 바라보는 시대에 과거시험도 아닌 국민의 성스러운 참정권 권리를 행사하는 투표에 '나이 많은 분들은 쉬고 투표하러 나오지 말라'고 한 한심한 정치인이 있다. 감성에 따라 파도같이 휩쓸리는 청장년층은 선동하기 쉬우

나, 산전수전 경험한 기로층은 설득해 자기편으로 만들기 껄끄럽기 때문일 것이다.

법과 양심의 가치관을 누구보다 현명하게 판단할 기로층이 참되고 올바른 목소리를 울릴 때이다. 많은 경험을 바탕으로 바른 판단을 할 수 있는 분들이다. 험난한 동란을 겪고 경제 부흥의 밑거름 역할을 한 기로층은 잡다한 상황에도 올바른 가치 판단을 할 수 있다. 생활의 어려움을 땀으로 감내하며 무에서 유를 창출하며 배고픔을 넘어 오늘의 풍요를 이룬 분들이기에 그 가치가 공고하고 높다.

지금 우리나라는 데모천국이다. 각종 이권단체가 자기들의 목적과 이익을 위해 동원한 목소리로 편향된 의견을 높이 떠드는 것이 비일비재하다. 이들은 자기들의 이익만 고려하고 회사나 나라의 입장이나 정책을 생각하지 않는 듯하다. 물론 그 중에는 정책 당국에 참된 뜻을 전달하려는 신문고 같은 목소리도 있다. 그런데 지금 우리의 현실은 자기 이익에 반하면 나라의 바른 정책도 반대하려는 전문 데모꾼이 전국을 다니며 집단으로 시책과 업무를 방해하고, 정당한 일을 훼방하고 시비하는 것이 대단히 많다.

근래 여론조사하는 곳에서 나이 많은 분은 대상이 아니라고, 전화를 끊는다. 이런 여론 조사가 진정한 민의인가. 자기들의 입에 맞도록 조작하려는 집단의 짓이다.

분수 넘게 자기 이익만을 지키려고 편향된 자기주장을 관철하려고 마구 발산하는 저 소리들을 못들은 척 할 것이 아니라, '이것은 아니야! 이런 거야!' 하고, 기로층이 순리에 맞는 바른 목소리를 낼 때이다. 드디어 원로 김동길 교수는 Silver Party(실버당-노인당)가 필요하다는 글을 썼다.

나라의 백년대계는 교육에서 이루어짐을 모르는 분은 없을 것이다. 인적 자원밖에 없는 나라에서 앞을 보고 백년 천년을 보는 교육이 되어 가는지 걱정이다. 돈 버는 교육에는 관심이 대단히 많으나 나라의 기틀을 바로 이끄는 인문학 철학교육이 뒷전에서 잠자고 있다. 그러는 사이에 우리의 손자 손녀들에게 의도적으로 왜곡한 편향된 이념의 역사를 가르치는 교육자도 있지 않은가.

일 갑자 전 민족상잔의 총소리는 멎었으나 그 동란의 뿌리인 이념의 잔재가 민주란 가면의 옷을 입고, 인권이란 허울을 쓰고, 혼란의 씨를 뿌리고 조종하는 것을 '이것은 그런 것 아니야!' 하고 바른 순리에 맞은 목소리를 낼 분은 기로층밖에 없다. 일본 식민지시대에 출생하여 광복 후 민족의 아픔과 배고픔을 보신 세수 백수를 바라보는 원로 철학교수 김형석 씨는 '우리에게 남은 것은 대한민국뿐'이라고 하셨다. 그런 마음이 모여 2017년 탄핵정국에 기로층이 태극기를 들고 거리에 나섰다.

모든 사안에 정쟁의 궤변을 끝없이 토로하는 자를 넘을 올바른 기로층의 목소리를 드높일 때이다. 백세시대, 기로층이 바른 소리와 행동으로 우리 사회를 올바르게 이끄는 밑거름이 되어야 한다.

남은 생을 자기의 손자손녀를 위해 나라가 바로 되도록 힘을 모으자.

# 건국절 행사를 보고 싶다

일제의 간악한 식민지시대가 암흑의 시대였으니, 1945년 8월 15일은 우리에겐 광복光復이다.

광복 후 3년의 아비규환의 의견이 성숙되어 왕권시대만을 경험한 민족이 국가의 3대 요건인 주권 영토 국민을 구비한 백성이 나라의 주인인 자유대한민국을 유사 이래 처음 1948년 8월 15일 건국했다. 광복을 가져다 준 UN이 정한 합법적인 절차를 거쳐 간악한 공산당의 방해를 극복하고 세운 대한민국은 한반도의 유일한 합법정부라고 만방에서 인정했다.

반도의 북쪽에 일본군 무장 해제를 위한 소련 점령군은 스탈린의 지시대로 일사천리로 공산 위성국을 건설했다. 88여단 소련군 대위 김성주를 대를 이어가며 익명으로 사용한 '무장독립운동의 상징적 영웅 김일성 장군'으로 각색하여 민족의 지도자 조만식 선생을 감금하고 주민을 통제하는 나라를 세웠다. 5년간 신탁통치를 찬성한 공산당을 앞세워, 그 체제는 프롤레타리아 독재, 공산주의 위성국이다. 그래서 소련의 꼭두각시 '괴뢰정관'이라고 불렀다.

점령군은 5년간 신탁통치를 기도하였으나 독립운동 지도자들은 극력 반대했다. 남한에 진입한 미군이 46년 7월 어떤 체제를 원하느냐, 여론조사의 결과는 사회주의 공산주의를 원한다는 여론이 물경 72%였다. 자유민주주의 좋은 점을 몰랐다. 그래서 남한의 점령군 하지 군정에서는 좌우합작을 유도하며 좌경의 여운형 김규식을 가까이 하며 이승만과 김구를 견제하였다.

좌우 이념 투쟁, 임정세력의 군정 행정권을 이양 받으려고 한 내부 혼란을 거쳐, UN 결정에 의한 건국투표인 5·10 선거를 방해하는 숱한 테러와 폭동을 감내하며, 자율과 창의가 보장된 자유민주주의 국가를 이승만 주도로 세웠다.

광복 후 겨우 나라의 기틀을 만들고 기지개를 펴려 할 적에 공산주의 팽창정책으로 스탈린의 하수인 김일성에게 통일이란 색안경을 씌워 민족상잔의 전쟁을 일으켰다. 그 결과 전 국토는 폐허화되고, 남북한 전투 참여한 국군과 UN군의 피해는 2십여만 명 전사자의 20배인 400만 명의 백성이 희생되었다. 20만 명의 전쟁미망인과 10만 명의 전쟁고아가 발생하도록 하고, 천만 명의 이산가족이 발생하도록 했다.

UN에서 한반도 유일의 합법적 국가인 대한민국을 방어에 힘을 보태주어, 공산주의 무력 팽창전쟁을 분쇄한 세계 최초 유일한 국가가 되었다. 새로운 정치철학으로 등장한 마르크스 레닌의 통제

경제는 하향평준화의 이론이란 것을 입증한 대한민국이 되었고, 공산주의 몰락의 서막을 울렸다.

6·25동란 후 대한민국은 1953년 국민소득 67달러에서 민주당 정권 1960년도에 87달러로 100불도 안 되던 나라였다. 농업 위주에서 산업사회로 전환하며 창의와 경쟁에 힘입어 1970년 1천 100달러가 되고 전자정보화시대에 이르러 2014년에는 2만8천180달러가 되었다.

나는 식민지시대에 태어나 왜인(倭人)의 수탈로 농사지은 쌀은 다 빼앗기고 콩기름 짠 무거리 대두박 밥을 먹어야 했으며, 아카시아 꽃을 따 가루에 무쳐 배를 채워야하는 배고픔을 농촌에서 겪었다. 광복 후 혼란과 민족상잔의 피비린내 나는 전쟁을 어린 학생의 신분으로 보았다. 원자탄에 놀라 항복하는 일본 왕의 방송을 라디오도 없어 듣지 못해 광명천지 광복이 오는 것도 하루 늦게 알았는데, 지금은 초고속인터넷 세계 최대 강국 대한민국에 살고 있다.

마약에 취하여 잠자던 대륙을 깨워 중화인민공화국을 세운 모택동은 홍의병사건 등으로 그도 공7 과3이나, 긍정적 평가와 미래지향적 사고에 힘입어 다시 중국은 아시아의 맹주로 군림하게 되었고, 세계 G2국가가 되었다.

3·15부정선거는 인의 장막에 가리어 이승만 전 대통령은 잘 몰랐다는 것이 정설이고, 그분의 과過이다. 건국대통령 이승만도 공7 과3이나, 현대의 의식으로 비방하고 있다.

4·19의거에 경찰진압 과정에 희생된 학생이 입원한 서울대 병

원을 방문하여 격려하고, '불의를 보고 일어날 줄 모르는 젊은이가 있는 나라는 희망이 없다. 국민이 원한다면 하야하겠다'고 성명을 발표하고 청와대에서 사저로 갈 적에는 관용차를 사양하고 걸어서 이화장으로 가셨다. 이 얼마나 성숙된 민주주의를 대한민국 국민에 심어주었는가. 군을 동원 계속 강제 진압하지 않고 4·19의거를 하야하는 대통령이 완성 승화시켜 주지 않았는가.

산업화 시대에는 참여해 그늘진 곳에서 나라 발전의 밑거름이 된 땀을 흘린 기로층耆老層인 나는 세계 10대 경제대국으로 우뚝 선 나라에의 건국절 행사를 보고 싶다.

2016년 8·15일 광복절 행사에서 박 대통령이 '건국 68주년'이라고 한 용어에 이의를 제기하는 층이 있는 듯하였다. 2017년 광복절 행사에서 촛불혁명으로 정권의 정상에 오른 문 대통령은 1919년 상해임시정부의 수립을 건국이라고 경축사에서 말했다. 인권변호사이며 정치인인 문대통령은 사법고시에 합격한 법률가를 떠나, 다른 생각과 뜻이 있어 한 용어일 것이다.

우리의 정체성을 뿌리내리기 위해서도 주권 영토 국민의 3대 요건을 구비한 1948년 8월 15일을 나는 진정한 건국절이라고 생각한다. 우리의 정체성을 빛내기 위해서 광복절 행사가 아닌 건국절 행사를 힘차게 해야 한다.

국민의 자유와 시장경제가 보장된 나라를 세운 대한민국의 건국절 행사가 아니고 광복절 행사인가!

당당하게 펼치는 대한민국 건국절 행사를 보고 싶다.

## *덧붙임

광복 당시 일본의 총독 아베 노부유기가 일본의 패전으로 되돌아가며 한 말을 잊었는가. '우리는 전쟁에 패했지만 조선이 승리한 것이 아니다. 장담컨대 제정신을 차리고 옛 영광을 찾으려면 100년도 더 걸릴 것이다. 우리 일본은 조선에 총과 대포보다 더 무서운 식민교육을 심었다. 조선인들은 서로 이간질하여 노예적 삶을 살 것이다. 그리고 나 노부유기는 다시 올 것이다.'라고 한 말을 잊지 말자.

광복 후 은자의 예언 같은 이런 말이 있었음을 기억하자! '소련 놈에 속지 말고, 미국을 믿지 말고, 조선 놈아 조심해라, 일본 놈들 일어난다!'

경제성장이 북쪽보다 훨씬 앞섰다고 자만하지 말라, 끝나지 않은 동란의 잔재 이념이 미소로 굽이치며 침투하여 세뇌당한 자들이 수없이 많은 세상이 되었다. 건국절 행사를 왜 못하는가, 아직도 정체성의 역사 정의가 정리되지 못한 탓인가. 우리의 정통성을 빛내는 건국절 행사를 올바로 해야 한다.

# 남북 한반도에서 말 못하는 세 가지

북쪽은 예술과 창작 언론 출판도 오직 당과 수령을 위해 존재하며, 당 정책을 해설 선전하는 것으로, 당국을 견제하거나 비방하는 것은 있을 수 없다. 그러나 더욱이 절대 말 못하는 이야기가 있다.

### 북한에서 절대로 말 못하는 세 가지

1. 김성주가 진짜 김일성이 아니라고 말 못한다

김성주가 1945년 9월 15일 소련군함 푸카쵸프호를 타고 원산으로 입국할 적에 자기 입으로 '김성주올시다'라고 인사하였다. 지금 북에서 김일성이라고 부르는 김성주는 빨치산 활동을 하다가 일본군 토벌을 피해 40년 소련 영토로 넘어가 교육을 받고 소련군 88 정찰여단에서 대위 겸 비밀경찰(NKVD-KGB의 전신) 요원으로 근무한 자이다. 이것은 전 런던 주재 KGB 책임자 올레그 고르디에프스키의 증언이다.

88정찰 여단은 소련 정규군이 아니고 비밀경찰 두목 베리아가 지휘한 용병부대로 1942년부터 소련군복을 착용했다. 부대장은 항일연군 출신 중국인 주보증이었다.

광복 후 일본군 무장해제를 위해 북조선을 점령한 소련군은 북조선 통치에 필요로 45년 10월 14일 평양 군중대회에 김성주를 김일성 장군으로 소개하니, 당시 군중이 웅성거리며 반발했다. 행사를 주관한 소련 점령군 사령관 스치코프 상장이 '여기 있는 김일성이 항일 투쟁의 김일성이 맞거나 틀린 것이 중요한 것이 아니고 앞으로 잘만 하면 되는 것이 아닌가!'라고 역설해 김일성이 조작되었음을 간접적으로 시인하며, 군중을 이해시키려 한 것은 역사적 사실이다.

그 며칠 전 45년 10월 11일 평양 일본식 요릿집에서 소련점령군 정치사령관 레베데프 소장이 김성주를 김일성으로 각색해 조만식 선생에게 소개했다. 레베데프는 북을 공산주의 위성국가로 만들기 위해 주도적으로 행동한 점령군 핵심 인물로 1947중반부터 소련 점령군 정치사령관과 민정사령관을 겸임한 인물이다. (레베데프비망록은 1947년 5월 14일부터 북쪽 정권 창출과정을 메모한 기록이며, 1948년 12월 26일 평양을 떠날 때까지 정치 상황이 기록되어 있다. 특히 48년 김구와 김규식이 평양을 방문한 행사는 그들의 각본대로 이루어진 내용이 기록되어 있다. 그는 1992년 5월 모스크바에서 90세로 사망했다.)

레베데프는 메크레르 중좌와 고려인 강미하일 소좌를 담당시켜 보천보 사건 이후에 김일성으로 한때 행세한 김성주를 김일성 장군으로 각색해 만들었다고 한다.

점령군은 북의 통치자로 왜 김성주를 선택하였을까? 같은 항일연군 출신으로 김성주보다 상위계급의 인물도 많았다. 그러나 비밀경찰 교육을 받아 소련의 지시명령을 누구보다 잘 지킬 자로 보았을 것이다. 또 통솔력이 있다고 평가해서일 것이다. 과연 그는 북쪽 정권을 수립 후 수많은 정적을 숙청이란 이름으로 제거하며, 정전 후 동구권의 지원으로 경제 발전은 어느 정도 기여했지만 한계에 이르렀다. 그러나 어용 연출로 바닥 민심을 속이며 군중을 잘 이끈 능력을 보였다. 북에서 보내온 소설 익명의 작가 반디의 <고발>을 보시라. 그가 얼마나 능숙하게 백성을 옥죄며 다스리는지 알 수 있다.

김일성은 1907년대부터 대를 이어가며 우리의 무장 독립운동가 여러분이 사용한 상징적 영웅 호칭이다. 특기할 것은 1937년 6월 5일 한만국경 일본군이 없고 일경 5명이 근무하는 갑산 보천보에 항일연군 주보중의 지휘로 소속 6사 김일성이 수십 명을 인솔 습격했다. 마침 경찰관 1명 전출발령으로 회식시간에 습격하여 군경은 사살한 것이 없고 유탄에 일본경찰의 유아 1명과 중국집 종업원 1명이 사망했다. 전과는 면사무소 지서 산림보호구 농사시험장과 우체국을 방화하고 기관총 1정 권총 2정 소총 6정과 탄약을 탈취하고, 상점에서 군자금을 거두어 갔다. 그러나 지금 이북에서는 보천보 전과를 거대하게 과대 각색 선전하고 있다.

당시 일본은 만주에 만주 위성국을 세우고 독립군과 중국군 세력을 토벌 중에 보천보 사건이 발생했다. 국내 신문에는 보천보 마적단 약탈보도가 있었다. 일본군경은 보천보 사건 직후, 계속 추격 토벌로 항일 연군 739명이 검거되고, 위축되어 항일 연군 1군 2군이 통합되어 중국인 양정우가 지휘했다고 한다. 1937년 12월 13일 김일성 참수보고가 동아일보에 게재되었다. 중국인 항일연군 마지막 지휘자 양정우는 목강현에서 1940년 2월 23일 전사했다. 사살된 양정우의 배를 부검해 보니 곡식은 먹은 것이 없고 풀만 있었다 한다. 이로 항일 연군은 만주에서 소멸되었다.

보천보 습격사건 이후 김성주가 김일성의 이름으로 활동했다는 것이 정설에 가깝다. 이것은 통일 이후 역사가가 밝힐 사안이다.

김성주는 소련이 만든 가짜 김일성이라고 절대 말하지 못한다. 말하면 생명이 위험하기 때문이다.

## 2. 김정일 백두혈통이 조작되었음에도 말하지 못한다.

김정일은 1941년 2월 16일 구 소련 하바로프스키에서 소련 병원 의사 왈야의 도움으로 출생하여 '유라'란 이름으로 자랐다. 김정일을 김일성과 40년 차이를 만들려고 42년 백두산에서 출생했다고, 백두혈통을 미화하려고 조작했다.

금강산 구령폭포 계곡 연교담 맞은편 거대한 암반에 김일성이 50세 된 아들 김정일을 미화하기 위해 92년 10월 10일자로 새긴 한시를 기록한다.

"白頭山頂丁日峰, 小白水河碧溪流, 光明延星五十週, 皆贊文武忠孝備, 萬民稱頌齊同心, 歡呼聲兮震天地… 백두산 마루에 정일봉, 소백수 푸른 물은 굽이쳐 흐르고, 광명성 탄성하여 어느덧 쉰돌, 문무충효 겸비하여 모두가 우러르네, 만인이 칭송하는 그 마음 한결 같아, 우렁찬 환호 소리 땅을 뒤흔든다."

김정일이 소련 땅에서 출생했다는 말과, 백두혈통은 허구라고 말 못한다.

말하면 생명이 날아가기 때문이다.


## 3. 6·25동란을 남침이라고 말하지 못한다.

동족학살의 동란은 김일성이 스탈린의 승낙 하에 기습 남침으로 발생한 것은 역사적 사실이다. 지금 북에서는 그 진실을 누구도 말하지 못한다.

북쪽의 학생들에게 북침이라고 조작된 역사를 꾸준히 가르쳐서, 그들은 남침 진실을 모른다.

6·25동란은 북의 기습 남침으로 발생했다고 말하지 못한다. 말하면 생명이 위험하기 때문이다.

좌경정부시절 박 모는 언론사 책임자들을 북으로 데려가 기쁨조의 접대 엑스파일에 녹았고, 보도지침을 받은 대한민국의 언론은 정론을 유지하지 못하고 오직 대한민국의 흠집만을 대서특필 회자하고 있다고 의심이 든다.

대한민국에는 정부당국에 대해 신랄한 비평과 공격으로 명성을 떨치는 투사 말꾼과 정치인도 말하기 꺼리는 부분이 있다.


## 대한민국에서 말하지 못하는 세 가지

1. 제갈 씨의 피를 받은 호적 세탁 이야기

제갈 씨 집에서 잉태하여 윤씨의 집에서 태어났고, 목포 김씨의 집에서 자라 김해 김씨가 된 대중의 출생은 그 누구도 진실을 말하지 않는다.

첩의 자식이 살아 있는 본처를 밀치는 호적을 세탁했다. 호적을 가장 많이 고친 사람이다. 그 후 대한민국의 호적이 없어지게 한 원조이다.

대중의 가신 손창식은 김대중 선생의 명예를 지키려고 사실을 조사하다가 진실을 알게 되어 '제갈씨'가 맞는다고 가신들에 말하게 되었고, 그후 가신 그룹에서 멀어져 횡사했다. 기자 손충무가 취재한 바에 의하면 '재갈씨'가 맞는 것 같다.

김대중의 정치 활동과 색깔은 조갑제의 <김대중의 정체>란 책으로 상세히 분석했다.

이런 사실을 말하면 너무 시끄러워 모두 말하지 않는다.


2. 제주 4·3사태 폭동을 항쟁으로 미화한 이야기

1948년 5월 10일 대한민국 건국 투표를 방해하려고 남로당의 조직적인 지시로 4·3폭동을 좌경정부시절 국무총리를 위원장으로 한 4·3특위란 조직을 만들어 잔인한 제주폭동을 항쟁으로 만들어 미화했다. 이 진실을 재규명하려 하면 벌떼같이 일어나는 좌경 잔존세력과 싸우기 싫어 말하지 않는다. 현존하는 우익은 현실에 안주하며, 게으르고 타락해서 밝히지 못한다.

위원회의 결정이 사법부의 판결에 앞서는 것이 좌경정부의 특질이다. 극렬한 좌익세력과 언쟁하기 싫어 무능한 우익은 말하지 않는다.


3. 1980년 광주 5·18사태의 민주화 운동 뒷이야기를 말하지 않는다.

당시 전라남도 38개 예비군 무기고가 5월 21일 9시경 아시아자동차에 출발한 집단에 의해 12시부터 16시까지 4시간 만에 조직적으로 털렸다.

광주시민군 사망자의 69%가 칼빈 총에 의해 사망했다. 이것은 예비군 무기고에서 약탈한 총기로 시민군을 저격했다는 증거이다. 당시 진압군 공수단은 M16총을 소지했다.

1980년 5월 21일 광주 외곽에 있으며 비전향 장기수 류낙진 등 사상범 180명을 포함한 2,700명이 수감되어 있는 교도소를 21일 밤 왜 6차에 걸쳐 습격했는가. 이런 행위는 훈련된 무장 조직원이 아니면 할 수 없다. 계엄군이 통신 감청하여 공수단이 교도소 주변에 잠호를 파고 대기하고 있었으므로 습격 시민군은 많이 사살될 수밖에 없다. 광주사태 후 주변 산에서 시체 발굴 시도가 있었지만 발견된 바 없다. 5·18묘역에 지금도 신원불상자 묘 12구가 있다. 이 신원불상자 12명은 누구인가.

광주교도소 습격 시민군의 사망자는 M16에 의한 것일 것이다. 이들의 사체는 어디 갔는가. 당시 사망자의 지문을 찍어 대한민국 국민이 아닌 자는 옮겨 산에 매장했다는 말이 있다.

2014년 4월 광주에서 200km 떨어진 청주에서 흥덕지구 공사 중 지하 1m지점에서 발굴된 430구의 유골은 무엇인가. 그 유골은 일률적으로 칠성판 위에 두터운 비닐로 감겨있고 일렬번호를 매겨 매장한 것은 무엇인가. 그 유골이 어디로 갔는가? 지만원의 추측대로 갑자기 아시안 게임에 폐막식에 참석한 황병서 최용해 김양건이 타고 온 김정은의 전용기에 컨테이너에 담겨 북측에 인계되었는가.

지만원 박사가 5·18당시 현장사진을 최첨단 기하학적 영상 분석으로 북괴군의 참전을 주장하고 있다. 영상분석이 다 정확하지는 않을 수 있다고 생각한다. 그는 북괴군 6백 명이 광주사태에 참전했다고 주장하며, 그가 2017년 7월에 발표한 '북한군이 주도한 확실한 증거들'을 읽어 보면 수긍이 가고 그의 말이 과장 허위가 아니고 학술적 가치가 있는 것 같다.

수백 명이 집단으로 광주에 침투할 수 없다는 주장하는 분도 많다. 이것은 해안을 철통같이 경비한다는 군 당국의 말을 너무 믿은 것이 아닌가. 광주사태시도 고정간첩이나 공작조가 안내하여 몇 회에 걸쳐 해안으로 비정규전 게릴라 수백 명 침투는 가능하다. 그러니 과연 불가능하다고 할 수 있을까.

과거 울진 삼척도 경계지구 고포에 무장공비가 68년 10월 30일과 11월 1일 어간 2회에 걸쳐 해상으로 120명이 상륙하였으나, 해안 경비부대 아무도 몰랐다. 그들이 11월 3일 산간 오지에 '밀거지 구축 작업'으로 주민을 모아 교육하고 입당원서를 쓰게 하고 위폐를 주고 떠난 후에 신고로 알았다는 것을 상기하자. 68년 11월 9일 최초 생포간첩 정동춘은 15명조에서 국군 헬기가 오는 것을 감시 담당자로 졸다가 동료에 빨리 알리지 않았다고, 후일 자아비판해야 한다는 것이 두려워 이탈한 자이다. 정동춘의 최초 전략심문을 전방지휘소 태백경찰서(전 장성경찰서)에서 필자가 했다. 당시 무장간첩이 2~30명으로 추정하고 방송할 때, 나는 정동춘을 신문 후, 남파간첩이 4개조 60명이 아니면 8개조 120명이 된다고 판단했다. 결국 120명이었다.

1996년 9월 18일 야간 강릉 정동진에 북쪽의 대형 잠수함이 공작조와 접선하려다 암초에 걸려 좌초되었다. 암초에 걸리니 승조원과 공작조를 상륙시켰으나, 인근 경비초소에서는 몰랐다. 택시 운전자가 걸려있는 잠수정을 보고 신고해 발견되었음을 생각한다면, 경비하는 자 몰래 침투는 항상 가능한 것이다.

광주사태 시 도청에 집결했던 생포된 자들은 통신이 차단된 채 전원이 검거되었다. 북쪽에서 한국의 남재희에 요구해 그의 알선으로 정래혁을 통해 당시 실권자 보안사령관 전두환을 거쳐 검거

된 북측 요원들은 제 3국으로 추방하는 식으로 조치했다는 것은 누가 만든 소설인가, 사실인가.

전두환의 회고록 1권 혼돈의 시대에는 광주사태에 북괴군이 침투한 개연성의 정보는 여러 곳에 기록되었으나, 위의 북측요원을 제 3국 추방 등의 말은 없다. 통신차단된 상태에서 검거과정에 어떤 대외의 막강한 협력으로 진압해 그 압력으로 말 못하는가? 일개 육군 소장에서 10개월 만에 대통령이 된 이면에 어떤 함수관계가 있는가, 당국에서는 전라도를 포용하려고 발표하지 않는가? 참으로 궁금하다.

진실을 아는 상당수의 대한민국의 중요 요직에 있던 분들은 왜 침묵하고 있는가. 대한민국 정부에서는 왜 사실을 발표하지 못하는 말 못할 어떤 사유가 있는가. 이 모두 가상소설인가.

2017년 1월 비밀 해제되어 공개된 미 CIA 문서에는 광주 5·18에 북한군 개입에 대한 명시한 말은 첫 일부 문안만 보면 없다고 했지만, 전문을 보면 침투할 우려는 있다고 해석된다고 한다.

광주사태와 같은 해 4월 강원도 정선의 광산도시 사북읍에서 광부 시위시 진압 경찰이 시위대에 맞아죽고 읍 전체가 시위대에 점령되었다. 그러나 시위대는 수천 정의 무기가 보관되어 있는 직장예비군 무기고와 지서에 있는 지역 무기고는 스스로 보호하고, 무기 탈취가 없었다. 이것이 광주와 사북의 차이점이다.

광주민중항쟁은 두 번의 사법부 판단이 있었다. 1980년 5·18

은 김대중이 일으킨 내란폭동사건이라고 했다. 그리고 1997년 4월 이후에는 5·18은 전두환이 일으킨 내란사건으로 되었다. 극과 극의 판결이다. 사법부의 판결은 존중한다. 그러나 학술적으로 문제를 제기하고 연구하는 것은 자유민주국가의 당연한 장점이다.

광주민주화 유공자 5,700명이다. 참으로 많은 수이다. 좌경정부시절 만든 유공자이다. 그 중 가짜는 없는가, 가짜가 있다면 광주의 불명예다. 많은 정치인이 너도 나도 유공자란 말은 유언비어일 것이다. 그들이 어찌 유공자가 될 수 있는가. 가짜 유공자는 색출해야 하는 것도 광주의 바른 가치 구현을 위한 타당한 조치가 아닌가.

2000여 발의 다이너마이트가 도청 지하실에 조립되어 있는 것을 광주 시민의 안전을 위해 밀고자 양홍법 김영복 문영동이 전교사 부사령관 김기석 준장에 밀고해, 전교사는 1명의 문관 배승일을 보내 5월 25일 26일 밀고자의 보호를 받아 해체했다. 광주사태 후 배승일은 광주를 지켜낸 공로로 보국훈장 동백장을 받았다. 노무현 정부시절에 배씨의 훈장이 박탈당했다. 그리고 소송으로 2007년 배씨는 훈장을 다시 찾는 웃기는 사실도 있다.

배승일이 해체한 2000발의 다이너마이트를 조립한 광주 사람이 있는가? 없으면 조립한 자는 누구인가.

광주 5·18 폭력이 민주화냐? 또 북괴군이 참가해, 폭력을 유발했을 수 있다는 말을 하면, 광주민주화 유공자의 명예와 가치가 손상될 것 같아 땡비같이 아우성치므로 시끄러워 말하지 않는다.

2017년 8월 문 대통령이 광주사태시 헬기 사격과, 전투기 발진 준비사태를 조사하란 지시가 있었다. 이 조사시에 위 유언비어성의 모든 내용이 바로 밝혀져야 한다. 올바른 광주사태의 진상이 뒷날 역사에 회자되지 않도록 그 진상이 정립되기 바란다.

국회의원이 불법화된 조직인 전교조의 명단을 발표했다가 벌금을 내는 세상이고, 광주민주화에 문제가 있다고 시비하는 자를 법으로 문책하려는 정치인이 있는 세상이다. 더더욱 좌경문화 침투를 막으려고 만든 블랙리스트 작성이 죄가 된다는 세상에서 공염불의 넋두리로 푸념한다.

# 축성여석의 횡설수설

축성여석築城余石이란 말이 있다. 이 말은 굳고 필요한 성 쌓은 돌이었으나, 성 쌓고 남은 돌은 귀하지 않다는 말이다. 흘러간 물은 물레를 돌릴 수 없다는 말과 상통하는 말이다. 축성여석의 횡설수설橫說竪說을 기록한다.

## 가. 어떻게 형사가 되었나

경찰관은 밥 먹고 살기 위해 들어갔다. 군에서 만기 제대하고 며칠 밤 자고 나니 5·16혁명이 발발했다. 전통적 농촌사회를 벗어나지 못한 우리 주변에 내가 할 일은 없었다. 빈농의 차남으로 농사지을 땅도 없다. 교육도 겨우 고등학교를 졸업했다.

군사혁명 후 경찰을 싫어한다는 박정희 장군의 조치로 나이 많은 경찰 공무원을 물러나게 하고, 처음으로 고졸 이상 경찰관을 선발하는 시험이 있었다. 강원도에서 380여 명이 응시해 35명이 합격한 중에 나도 포함되었다. 200명 수요에 강원도 합격자가 없어, 충청도에서 많은 인원이 전입했다.

각도별로 1주일간 경찰국장 책임 아래 경찰에 대한 기초 소양 교육받고 '조건부 순경'이란 표지를 달고 각 경찰서에 배치되었다. 경찰서에서 다시 며칠 자체 교양 후 지서로 배치했다. 경찰 업무에 대해 아무 것도 모르는 막둥이가 경찰 제복을 입고 근무하게 된 것이다. 조건부 순경은 그 후 경찰전문학교에 가서 보통과 35기 기본 교육을 받았다.

광복 후 경찰관은 초등학교 출신도 채용되었다. 민주당 시대를 거치며 대졸자들이 순경시험을 거쳐 교육 이수시 경사로 임용되기도 하였다. 그 시대 다음에 우리가 경찰에 들어간 것이다. 내가 본 경찰관의 수준은 천차만별이었다. 사서삼경의 철학적 가치를 깊게 해설하고 실천하려는 박식한 분에서 아주 기본적인 소양도 부족한 사람도 있었다.

내가 처음 배치된 곳은 산림의 고장 강원도 평창군이다. 당시 산골 경찰의 가장 중요한 업무 중에 하나가 부정임산물 단속이었다. 6·25동란 후, 서울로 몰려드는 수요로 강원도의 울창한 나무가 서울 주택가를 만드는 중요한 건축 자재일 때다.

나는 강릉농업고등학교 임과를 졸업했다. 고등학교에서 측수학을 배웠다. 아마 지금은 임업대학에서 배우는 과목일 것이다. 경찰은 나무의 재적 산출은 가장 간편한 말구 자승법을 응용해 산출한 대조표를 보고 수사하고 있었다. 정확한 산출을 위해 원구와 말구를 검측하는 스마리안 공식은 모르고 있었다.

오대산 일원은 산림의 주산지이다. 초임지 대화지서를 거쳐 도암지서로 갔다. 진부 옆 도암지서는 부정목 단속의 요충지다. 나는 목상들의 가시 같은 존재였다. 나는 호구조사 담당지역 병내리에 낙엽송 수백 본을 허가 없이 벌채한 첩보를 들었다. 감독자 지서장 경사 김영하에 보고하니, 헛말일 것이라며 못들은 체 한다.

이장의 안내로 혼자 불법 벌채 현장에 갔다. 현장에 간 이장의 말이 가관이다. "순경 하나 조사해 봤자 별거 아니다. 조사하지 말고 내려가자!"고 했다. 그래도 나는 벌채 본수 재적을 조사해 돌아왔다. 현장의 실황조서를 붙여 목상 김왈로를 피의자로 인지보고서를 작성해 지서장에 보이고, 본서 수사과로 보냈다.

인지보고서를 보낸 지 며칠 후 부정임산불 단속 주무과장인 손모 보안과장으로부터 전화를 받았다. 인지보고서를 돌려보낼 터이니 근무일지에 단속 상황을 없애고, 보고서를 폐기하란 지시다.

암담했다. 어디다 호소할 곳도 없다. 경찰의 수사를 지휘하는 검사가 진부에 와서 목상 김왈로가 베푸는 주지육림에 묻혔다 갔다는 말을 여러 번 들었다. 그 검찰을 믿을 수 없다. 모든 나의 감독 상사도 너나없이 똑같다. 어디에 하소연한단 말인가.

하루는 업무감독차 지서를 방문한 유모 경무과장이 나에게 "김순경, 말이 많다."고 한다. 나는 당돌한 반응을 보였다. "무슨 말입니까?" 하고 대응하니, 갑자기 말을 돌려 일 잘한다고 한 말이라고 얼버무린다. 경찰간부 자격이 있는 자인가 나는 속으로 그를 능욕했다.

그런데 내가 지서에 근무하는 날에는 진부의 목상들이 안 다닌 다고 지서급사 조원준 군의 귀띔이다. 조 군이 아침에 청소하는데 일반전화로 오늘 누가 근무하느냐고 묻고, 내가 근무하는 날은 도벌 목상들의 차가 지서 앞 유일한 도로로 지나가지 않는다는 이야기였다.

그러던 중 내가 집안 일로 휴가를 얻어 강릉에 있었다. 부임한 지 6개월도 안 되는데 강릉 구정면 지서를 통해 휴가 후 형사계로 출근하라는 전갈이 왔다. 그런데 형사계로 출근했지만 서장에는 신고도 없고, 후일 확인한 인사기록 카드에 6개월을 채운 64년 1월 9일 수사과로 이동된 양 기록되어 있었다.

경찰관이 된 지 2년 갓 넘은, 형사전문화 교육도 받지 않은 신임 직원이 형사가 된 것이다. 어이없는 현실을 뿌리치고 농촌으로 되돌아 갈 용단을 못 내리고, 한동안 굴욕의 형사생활을 계속하였다. 나를 왜 형사계에 배치했느냐는 물음에 신임직원으로 수사 서류도 만들 줄 알고 나무에 대해 잘 아니 산림단속 전문직원으로 배치했다고 한다. 그러나 부정목 단속을 견제하려고 목상의 요구에 의해 경찰서장 이 모와 과장들이 나를 부정목 단속 요충지에서 격리하려는 조치였다.

형사에게는 형사계장이 근무를 지정한다. 계장은 나의 강릉사법 병설중학교 선배 김상규 경사다. 내 근무지정 내용은 부정목 반출이 없는 평창읍에서 근무하고 밖으로 나가지 못하게 꼭 묶어

두는 식이었다. 이 서장이 속초경찰서장으로 이동된 후 비로소 다른 분과 같이 전 관내에서 형사 활동이 지정되었다.

이렇게 시작한 형사생활이 굴레가 되어 경찰 대부분을 형사부서에서 근무하게 되었다.

### 나. 너는 경찰에서 봉급 값은 했느냐

아무것도 모르고 시작한 경찰에서 36년을 근무하였다. 국가에 큰 은혜를 입은 것이다. 영광스럽게도 강원도의 수사 대부라는 호칭까지 들었다. 퇴직 후 되돌아보면, 부닥쳐 비틀거리며 앞으로 걸어가는 식이었다. 아는 것을 행하는 것이 아니고 처리하며 배우고, 시행착오가 교훈과 선생이 되어 업무를 수행했다.

퇴근시간도 비번도 없었다. 타율에 의한 근무보다 자율적인 연장근무, 계속 근무가 대부분이었다. 공휴일제도, 비번제도, 3교대제도 같은 것은 아예 규정에 없을 때였다.

몇 년 근무하다 보니 간부의 소양도 그랬다. 나도 간부가 되겠다고 공부했다. 시험으로 순조롭게 빨리 경사를 거쳐 경위 간부가 되었으나, 경찰공무원법 개정으로 시험 승진이 없어지고 한때는 심사만으로 승진되므로, 밀리고 업무에 치여 뒤늦게 총경이 되어 겨우 서장보직을 받고 퇴임했다.

되돌아본다. 봉급만 탄 것이 아니다. 흔적은 남겼다. 무엇을 남겼는가.

첫째, 고성경찰서 부지를 만들었다.

고성경찰서장으로 부임하니, 좁은 2층 건물이고 그 대지마저 고성교육청의 땅이었다. 수년간 부지를 마련하지 못해 경찰청에서 청사를 건축해 주려해도 부지를 마련하지 못하고 있었다.

지방자치 전 시대의 이야기다. 군수 경찰서장 교육장이 다 강릉 출신이다. 교육장은 내가 6년제 강릉사범학교에 다닐 적, 2년 선배이다. 부지 물색을 위해 조사한 곳에 가보니 전부 부적합했다. 한 곳은 좋으나 교육청 땅이며 협조가 안 되는 땅이다. 그래서 권용식 교육장을 찾아가 "형님, 크게 한번 마음 써주세요!"라며 협조를 구한 결과, 도군 간의 행정적 뒷받침으로 지금의 고성경찰서 부지를 만들었다. 지금 고성경찰서 정원에 가면 큰 암석에 누가 부지를 만들고, 시공하고 준공한 표석이 있다.

두 번째로는 정선경찰서에서 경찰림(林)을 만들고 위령비를 건립한 것이다.

광복 후 6·25를 거치는 과정에서 순직한 경찰관과 애국청년, 부녀자들의 고혼을 위로하는 위령비가 없었다. 정선 비봉산의 충혼탑은 군인 위주의 충혼탑이었다. 경찰 자체로 만든 위령비는 고혼을 위로하는 비라고 할 수 없는 초라하기 그지없어서 남의 밭가에 묘비같이 서 있었다.

마땅한 위령비 세울 자리를 물색하던 중에 남한강 상류 강변에 명승지의 경관을 갖춘 정선군 임계면 반천리에 마을 안 동산이 국유지란 정보를 고교 후배가 귀띔했다. 산118-1 등 4필지 13.375평을 중앙부서의 협조를 받아냈다. 그리고 1996년 10월 30일 경찰림(林)으로 관리 전환 승인을 받아서 그곳에 나라를 위해 순국한 경찰관과 애국청년, 부녀자 등 105위의 고혼을 위한 위령 비를 세울 수 있었다. 예산의 반은 최각규 지사가 지원해 주었고, 잔액은 군수의 지원으로 완성했다. 위령비의 긴 오석인 자연석 장석도 내가 오대천 강에서 발견했다. 위령비 문안도 만들었는데 건립 준공식은 발령에 의해 강릉경찰서로 이동됨으로 나의 후임자가 했다.

세 번째, 강릉 전 의경 휴양지 부지 확보에 크게 일조했다.

강릉수사과장으로 근무할 때이다. 강석형 경무과장이 나에게 "강릉이 고향이지, 고향에서 무엇하냐?"며 튕기는 말을 했다. 왜 그러느냐고 하니, 강릉에 전·의경 휴양소를 만들려고 하여 경무과를 통해 알아보고 검토하였으나 못 쓰겠으니 나보고 고향 근무하는 값을 하라는 말씀이었다.

지금의 전·의경 휴양소 겸 강원지방 경찰청 영동분실격인 장소가 당시 강릉승마장이었다. 동해안 푸른 바다가 눈앞에 출렁거리는 넓은 평지이며, 교통이 편한 곳으로 참으로 좋은 곳이다. 고향 덕분에 지인을 통해 승마장 부지를 시장 안명필이 총무처에 휴양시설 부지로 주려고 한다는 것을 알았다.

안명필 시장은 강원도 분이 아니다. 그 후 임명제 부산시장까지

했다. 서울의 명문대학 출신인 안 시장이 총무처에 잘 보이려는 의도로 생각한 것인데 강릉시 직원이 불만에 차 있었다. 기안하여 결재를 올리라고 독촉하는 시기였는데, 내가 부시장인 정명시를 만나 승마장 부지를 경찰에 달라고 요청했다.

안 시장에게 불만이 있던 부시장이 시간이 없으니 오늘 당장 강릉경찰서장 명의로, 다음으로 강원경찰국장 명의의 토지교환 요구 공문을 빨리 강릉시로 보내라고 했다.

그래서 부랴부랴 그 땅을 경찰과 환지하자고 공문을 발송했다. 부시장과 국과장과 관계 공무원이 경찰의 편을 들어 주었다. 환지 교환 의견으로 경찰에 넘기는 서류를 결재 받으러 간 직원이 한 말이다. "시장님은 가시면 그만입니다. 여기 남아 있는 우리는 송곳이 끝부터 찌르는 맛을 보게 됩니다. 경찰에 넘기지 않고 총무처에 주면 우리가 힘듭니다." 하여 결재를 받아내서 지금의 강릉 전·의경 휴양소가 만들어졌다.


네 번째, 강원경찰국 청사 설계 변경에 힘을 보탰다.

강원경찰국장 유래형 국장의 요청으로 도지사 김성배가 결심해 도비로 경찰국 건물(지금 도청 동쪽 별관)을 지어 줄 때이다. 건물 설계를 보고 승인한 유 국장이 건축하다 보니 과장의 침실이 없었다. 토, 일요일도 없이 근무하고 주야간 대기하며 청사에서 기식해야 하는 특성을 고려하면 당연히 침실이 있어야 한다. 회계과 시설계에 요구해, 설계 변경안을 결재 올리니, 김 부지사는 다 같은 과장인데 도의 과장은 침실이 없고, 경찰서 과장은 침실이 필요하냐며 결재를 거부했다.

어찌 경찰서 과장과 도의 과장을 같이 보는가? 도의 과장은 사무관급이고 경찰의 과장은 서기관급 총경이다. 그걸 모르는 부지사가 아닌데도 제동을 건 것이다. 경찰을 경원시하는 심성의 발로였을까, 정보기능이 총동원되어도 어찌 할 수 없었다.

형사계장였던 나는 국장에게서 이 이야기를 듣고 고심했다. 강원도내에 김 부지사와 가장 가까운 분은 정선 군수다. 부지사가 정선 출장 가서 여관에 자지 않고 군수 관사에서 쉬기도 하는 가까운 사이었다. 모 형사를 정선군이 시행하는 공사현장에 범죄첩보 수집차 출장을 보냈다. 그리고는 거액의 뇌물이 거래된 첩보를 공사현장 소장으로부터 입수했다. 증거 입증할 조사를 하며, 당사자에게 '먼저 발설하면, 다 당신들 책임'이라고 입단속을 단단히 했다.

범죄첩보를 작성해 국장에 보고했다. 유 경찰국장은 정복을 입고 도지사실에 가 첩보를 말씀드렸다. 그때 지사는 박종문 씨로 농촌진흥청장을 하시다 강원도지사로 며칠 전에 부임한 분이다. 그분은 '오늘 퇴근시간까지 기다려 달라'고 했다. 그러나 퇴근 시간이 지나고, 다음 날까지도 아무런 언질이 오지 않았다. 도지사는 강원도의 실정을 누구보다 잘 아는 부지사에게 물으니, "경찰의 첩보는 믿을 게 없습니다."라고 무시했을 것이다.

그러나 부지사의 이런 무시의 조치가 우리에게는 일하기 더 좋았다. 당시 법상으로 지방경찰은 도지사의 산하일 때였다.

이런 과정을 거쳐 본격적인 수사로 정선 군수와 부군수는 사표 처리하고, 관련된 정선군과 계장은 징계 조치한다는 의견으로 검찰의 지휘를 받아 종결했다.

검찰 지휘에도 애로가 있었다. 재량행위는 검찰이 하고, 경찰은 기계식으로 기소 의견으로 수사서류를 검찰에 보낼 때다. 경찰에서 재량을 한다니 검찰 결재부서에서 결재를 거부했다. 담당검사, 부장검사, 차장검사가 결재하지 않는 서류를 내가 직접 가지고 강달수 검사장실에 가져가서 경위를 말씀드렸다. 강 검사장은 같은 강릉 분으로 수사정보를 월 1회씩 보고하는 과정에서 고향 후배로 나를 아끼는 듯한 기분은 받았다. '도경찰국 계장이 검찰청 부장검사 할 일을 다한 것이다.' 하며 도지사 산하 경찰이 군수를 입건해 이렇게 하는 것이 타당하다는 평가까지 해 주시며 결재해 주신 것이었다.

이 사건은 경찰을 쉽게 알다가 호미로 막을 것을 가래로 막은 격이 되었다. 거부하던 경찰청사 설계변경은 쉽게 협조되었으며, 자연스럽게 마무리되었다. 그 후 부지사는 경찰국장실을 수시로 찾게 되었다.


다섯째로 강원도 경우회관의 마련과 중앙경우회 이사로서의 활약이다.

내가 도 경우회장을 할 때에는 사무실 경상비나 사무실에서 일하는 사무국장의 인권비도 변변히 줄 수 없었다. 중앙회가 빈약하니 도 시군 지원도 미미했다. 지금은 중앙회는 소유권 지분관계로 민사 소송 중이던 기흥골프장 문제가 어설프게나마 해결되어 하부조직에 일정금액이 지원되는 원천이 되었다.

이 기흥골프장의 운영권 문제는 박배근 중앙경우회장이 골프장 시공업자 이상달의 술수에 넘어가, 골프장 공사 중 50대 50의 지분과 운영권이 지분 33.3% 대 66.6%로 되었다. 그래서 1차 민사 소송에서 이기고 고등법원에서는 져서 소송 중일 때, 중앙경우회장은 이균범 씨이고, 나는 강원도 지방경우회장이므로 당연직 중앙회 이사일 때였다.

은평구 경우회관에서 이사회를 하지 않고 세종문화회관에서 이사회를 한다고 해서 참석했다. 안건은 이상달이 그간 경우회에 소원했다고 금 1억6천만 원을 지원해 주어, 그 돈을 받아 분배한다는 내용이다.

돈을 지원해 준다니! 일사천리로 가결될 분위기였다. 회장이 가결 의사봉을 칠 단계에서 손을 들어 발언권을 얻었다.

"사무총장 황호황에 질문합니다. 그 돈을 받아도 됩니까?"

사무총장 답, "변호사에게까지 물어 보았는데 아무 이상이 없다고 합니다."

"지금 소유권 지분 분쟁 소송 중이며, 패소한 원고가 승소한 피고로부터 금원을 받아 사용하면, 당사자 간에 원만한 합의된 것으로 간주되고 대법원의 최종 판결에서 지게 되는 경우가 될 것이 아닙니까?"고 되물으니 회의 장내 분위기가 긴장되었다. 나의 질문에 경기 인천 회장이 같이 동조했다. 또 치안정감과 해경청장을 하신 부회장 조성빈이 화를 내며 "그 돈을 어찌 받으려고 하느 냐?"라고 항의조 발언으로 결국 입금된 지원금을 반환하라고 의 결하였다.

사건을 담당한 대법원장 최종영 판사가 합의하라고 종용할 때 이다. 그 돈을 받았으면 소유권 반환 소송에서 후회하는 일이 발 생했을 것이다.

결국 대법원 판사의 배려로 주를 찾았으나, 50대 50으로 경우 회의 주 하나는 의결권이 없는 것으로 하여 운영권을 이상달이 차지하는 이사회도 참석했다. 중앙경우회에서 각 시도 이사들에 사전 협의를 했는지 모두 50대 50이면 족한 분위기이다. 그러나 지난 번 지원자금을 받으면 안 된다고 한 이사 몇 분만이 반대했 지만 가결되었다. 그래서 남상용 부회장이 명확하게 반대하는 이 사는 손을 들라고 하니 조성빈, 남상용 경기 인천 강원회장 등 6명 인가 손을 드니, 반대가 몇이라고 회의록에 기록하라고 하였다. 당시 회의록을 보면 나타나 있을 것이다.

기흥골프장 민사소송 피고 이상달에게는 법조인 우 모 사위가 있다. 50대 50의 주에서 33.3대 66.6주로 축소되고, 50대 50의 합의시에 의결권 없는 한 주의 묘안은 누구의 기발한 술수인가?

흥미로운 일은 당시 사무총장 황이 그 후에 경우장학금으로 5 천만 원을 내고, 상당 기간 흘러 또 5천만 원을 기증했다. 그 기증 의 의도와 배후를 모두 궁금해 했다.

나는 퇴임 후 참으로 우연찮게 강원도 경우회장을 맡게 되었다. 순수 명예직이다. 경우회는 임대료를 주고 사무실을 빌려 겨우 명맥을 유지하고 있었다. 강원도의 재향군인회는 시군도 다 회관이 있었는데 재향군인회 회관을 세울 때 지방비의 보조가 있었다. 지방비로 재향군인회 지원 현황을 파악해 도지사 김진선 씨에게 경우회관 마련을 위해 협조를 부탁했다. 실정을 잘 안다며, 자체 능력이 없으면 지방비를 지원 받을 수 없는 규정을 말하며, 자체 자금 마련을 위해 노력하라는 취지의 말을 했다.

열악한 조건에서 내가 쓸 나의 개인 용돈까지 모두 넣어 먼저 일정금액을 입금하고 몸부림치는 정열까지 투입하여, 퇴직 총경급이 연 10만 원 이상과 뜻있는 경우회원의 협조와 각고의 노력으로 자체 자금 1억 원을 만들었다. 자체 자금 1억을 만들면, 중앙경우회에서 당연히 배정받을 수 있는 강원도 지분 1억을 포함하면 자체자금이 2억이 된다. 2억 자체 자금을 마련했다고, 도에 요구해 지방비 3억을 확보했다. 지방비 3억을 포함 자체 자금 등 5억을 마련해 놓고 임기 만료되었다. 중앙경우회에서 예외 규정으로 3회 강원 경우회장을 연임하라는 권유를 거부하고, 후임자에 인계했다.

월세 방 경우회에서 공지천 입구 건물은 후임자가 내가 마련한 자금 5억3천만 원으로 매입하였다. 그런데 새 사무실로 이전할 때 자금을 모아준 전임자에게 말 한마디 없이 입주 고사를 하며, 사무실 전화번호까지 바꾸는 등 전임자인 내 흔적 지우기 위해 애를 썼다. 그를 내가 일방적으로 선정하고 추천으로 된 후임회장으로부터 사무 인계 후 나는 많은 스트레스를 받았다.

그는 회장이 되자마자 경우회벽에 게시되어 있던 직위표를 떼내고 지방경찰청 경우회 소식란에 '수십 년 내려온 허울 좋은 회장 부회장 이사 백발이 성성한 기구표를 떼고 저마다 마음속에 자라고 있는 지옥을 없애고 편안한 마음을 갖도록 노력하자는 취지에서 벽면을 장식했습니다.'라는 글을 게시해 놓았다. 이 글은 그를 사랑하는 강석형 씨에 연락해 삭제하도록 한 적이 있다.

무보수 명예직이고 조직과 옛 동료인 경우회원을 위한 봉사를 해야 하는데, 임기 중 영특하게 살려는 짓은 여러 번 눈에 띄었으나, 봉사한 행적은 별로 보이지 않았다. 그래서 내가 주동이 되어 다시 연임하려는 그를 연임투표에서 참패하도록 했다.

그 경우회관은 춘천 약사천 복원 공사관계로 보상을 받아 다음 경우회장 홍병철이 지금의 조양동 경우회관을 매입해 현재에 이른 것이다. 지방 경우회 건물은 부산이 제일 좋고 다음이 강원도이고 충북, 전북이 자체 건물이 있을 뿐이다.

그를 아는 많은 분들이 그가 적임자가 아니라고 반대했으나 나는 자기 능력으로 경정까지 진급했고, 추진력이 있다고 생각해서 일방적으로 추천해 후임자로 정한 나의 불찰이었다. 나의 사람 보는 눈이 모자란다는 점을 널리 공포한 격이 되었다. 이제 모든 것을 잊고 하늘을 보고 웃으며, 그가 믿는 신의 이름으로 용서하려고 노력했고, 이제 모두 잊었다.

# 4부

# 그대들 여기 있기에
# 조국이 있다

압록강까지 북진하였던 UN군과 국군은 대대적인 중공군의 참전으로 51년 1·4후퇴할 때다.

명령에 의해 51년 1월부터 3월 어간 오대산 설악산 일대 적의 후방에 침투한 채명신이 인솔한 대한민국 유격전부대 백골병단은 적 사살 800여 명, 북괴노동당 제2비서 겸 대남유격대 총사령관 상장 길원판을 인제군 기린면 군량밭 공산당 세포위원장 집에서 생포하는 등의 혁혁한 전과를 올렸다.

# 그대들 여기 있기에 조국이 있다

채명신 장군의 묘는 서울 동작동 현충원 2구역 사병묘역에 있다. 사병과 같은 크기의 장군의 묘비에 '그대들 여기 있기에 조국이 있다'고 각인되어 있다. 장군묘역이 아닌 사병묘역을 희망해, 월남에서 전사한 사병묘역에 있는 채명신 장군의 묘에는 정성을 담은 화환이 있어 쉽게 찾을 수 있었다.

강릉에서 재향군인회와 재향경우회원을 상대로 한 강연에서 채명신 장군 이범준 장군과 같이 연사로 참석해 장군을 처음으로 뵙는 인연이 있다. 주월 한국군 사령관 출신인 장군은 근엄함보다 자상한 형님 같았다.

유격전 게릴라전 하면 우리는 주로 중공군, 팔로군의 전술로 생각하게 된다. 한국군의 게릴라전은 생소했다.

민족 대학살 6·25동란은 적이 게릴라전과 정규전을 혼합하여 대한민국 국군을 공격했다. 동란 전 10차에 걸쳐 대남유격대 2,300여 명을 남파해 대한민국을 혼란케 했다. 6·25 동란 발발시도 유격대 2개 부대를 강릉 정동진과 삼척 임원진에 상륙시켜 동해안 유일의 국도를 차단하며, 38선에서 일제 공격으로 남침 전쟁을 전개했었다. 삼대 세습으로 북쪽에 있는 저들이 대남공격을 또다시 획책한다면 반드시 게릴라전을 혼용해 공격해 올 것이 틀림없다.

동란 발발 후, 수도와 38선 방어선이 무너지며 후퇴와 퇴각을 거듭하던 국군은 UN군의 지원으로 낙동강 교두보에서 방어하다가, 맥아더 장군의 인천상륙작전으로 전세를 역전했다.

압록강까지 북진하였던 UN군과 국군은 대대적인 중공군의 참전으로 51년 1·4후퇴할 때다. 명에 의해 51년 1월부터 3월 어간 오대산 설악산 일대 적의 후방에 침투한 채명신이 인솔한 대한민국 유격전부대 백골병단은 적 사살 800여 명, 북괴 노동당 제2비서 겸 대남 유격대 총사령관 상장 길원판을 인제군 기린면 군량밭 공산당 세포위원장 집에서 생포하는 등의 혁혁한 전과를 올렸다.

나는 백골병단의 대원으로 참전한 경찰관 배선호가 일등중사 계급장을 달고 참전한 이야기를 듣고, 내용을 알게 되었고 백골병단 전사를 읽게 되었다.

동계를 이용한 중공군의 대공세가 대한민국 허리 중부에서 머뭇거리며 더 남진하지 못한 것은 백골병단의 유격전 활동으로 저들의 침공전을 약화시킨 한 요인이 되었으리라 생각한다.

적의 후방에 침투했던 백골병단 640명 중 380여 명이 전사했다. 이 게릴라전의 내용과 약도가 강원도 인제군 북면 용대리 미

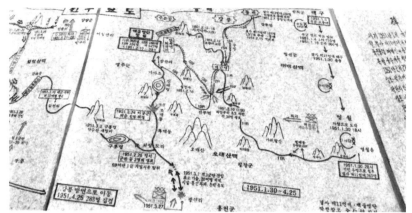

인제군 북면 용대리 백골병단 전적비  하단에 각인되어 있는 유격전 약도

시령과 진부령이 갈라지는 지점, 유격전 활동지역에 전적비로 남아 있다.

적장 길원판은 남한으로 전향하면 대우 받을 수 있다는 채명신의 권유에도 전향을 거부하며, 그가 소지했던 김일성이 하사한 총으로 죽기를 희망했다. 그 권총에 실탄 한 발을 장전하여 길원판에 건네주고 방에서 나와 자살하도록 그의 마지막 소원을 들어주었다.

죽기 전 그는 데리고 다니던 전쟁고아를 '남한에 데리고 가 공부시켜 달라고 해, 대한민국으로 데리고 왔다. 그 고아를 당시 25세의 미혼인 육군 중령 채명신의 동생으로 호적에 입적시켰다. 길원판의 청대로 공부를 시켜 서울대학에서 이학 석·박사 학위를 받아 대학교수로 길렀다고 한다.

채 장군의 동생 채 교수는 2013년 11월 25일 88세로 영면한 장군의 4일장 영결식에 뜬눈으로 망인의 유명을 빌었다고 한다.

대한민국 게릴라전 명장 채명신 장군의 훈훈한 전쟁 중 인간미 넘치는 이야기는 돈독한 기독교 신자인 그의 홍익인간의 기질과 슬기를 가슴으로 느끼게 한다. 사람은 갔으나 이 이야기는 우리 마음에 길이 남아 있다.

민족상잔의 비극을 만든 자들은 사후, 명혼冥魂의 세계에서 엄한 심판을 받으리라.

채 장군님의 명복을 빈다.

동작동 현충원 2구역 사병묘역에 있는 채명신 장군묘

# 전쟁영웅에 대한 기념비가 우뚝 서다

한반도 비핵화 약속을 하고도 북쪽은 민족의 공멸을 가져올 공포의 핵을 개발하여 대한민국을 협박하며, 추가 핵실험을 공언하고 있다.

근래 대한민국의 군사 시설을 촬영하려다 추락한 북한무인기는 아직도 무력 적화통일의 꿈을 버리지 못한 증거이다. 천안함 폭침 때와 같이 무인기는 조작이라고 북을 두둔하는 세력이 국내에 존재하고 있는 것이 우리의 현실이다.

국가보훈처는 2014년 초에 6·25전쟁 영웅을 선정 발표했다. 밴 플리트 장군을 포함 월별 영웅으로 선정된 중에 전쟁 발생 6월의 영웅으로 춘천경찰서 내평지서장 노종해가 선정되었다. 홍일점으로 경찰이 전쟁영웅이다.

역사에서 교훈을 배우지 못하는 국가와 민족은 지구에서 소멸한다. 우리가 겪어온 근세사를 다시 되돌아보자.

스탈린의 승인과 모택동의 지원으로 세계 공산화를 위한 6·25

이념전쟁은 우리 민족의 동족상잔 살육전이었다. 백두대간 통해 무장공비를 계속 남파해 대한민국의 안보질서를 혼란케 하며, 위장 평화회담 선전 중에 기습 야기한 6·25동란이 어언 1갑자를 훨씬 넘었다.

막강한 화력과 병력으로 침공한 적을 맞은 연약한 자유민주주의 대한민국이 건재하게 한 첫번째 계기가 춘천대첩이라고 역사가는 평한다.

동란 3대 대첩은 춘천대첩, 낙동강 다부동 전투, 인천 상륙작전이다. 그 첫 번째인 춘천대첩으로 대한민국이 전쟁을 감내할 힘을 보였으며, 미군과 UN군의 참전 계기가 되었다.

춘천대첩은 병력의 열세에도 스탈린의 냉전체제하 무력 공산화 계획을 최초로 좌절시킨 국군의 승전사로 평가한다. 개전 초 한강 이북에서 대한민국을 궤멸하려 한 저들의 전략을 일별해 본다.

경기 서울을 침공한 부대는 전차여단과 연대를 가진 인민군 1군단이고, 춘천에서 동해안까지 침공한 부대는 전차연대와 두 개의 유격대를 지휘하는 인민군 2군단이었다.

6·25동란 기습 발발은 새벽 3시경 함경도에서 출발한 549 유격대가 강릉 정동진에, 간성에서 출발한 766유격대가 삼척 임원진에 상륙, 동해안 유일한 국도를 차단하며 새벽 4시경 전 38선에서 일제히 남침을 시작했다.

인민군 최정예 2사단과 7사단은 춘천과 홍천을 당일로 점령하고 가평 수원을 경유, 서해안까지 우회 포위함으로 단시간에 대한민국을 한강 이북에서 궤멸하고, 전 국토를 석권하려던 전략이었다.

양구 방면 38선 경비를 담당한 국군 6사단 7연대 2대대가 6·25 미명에 순식간에 붕괴되고 인민군 2사단 4연대 병력이 거침없이 국도를 이용해 춘천방향으로 남진하고 있을 때다.

현지 사수를 명령받은 내평지서 노종해 경위가 지휘하는 경찰관 9명과 대한청년단장 김봉림 등은 국도를 내려다보는 위치의 간이 진지화한 지서에서 도로 따라 남침하는 적군을 향해 소화기로 저격했다. 예상하지 못한 저항을 당한 인민군은 진군에 차질이 생겼다. 박격포로 지서를 공격하여 저항하는 내평지서를 잠재우고 나서 계속 남침할 수 있었다. 인근에 거주하던 송종열 옹의 증언에 의하면 11시경에 총성이 완전 멎었다고 한다.

내평지서에서 한 시간에 걸친 치열한 격전으로 저들의 진격은 지연되었으며, 국군 7연대 2대대 김종수 소령은 춘천 방어의 요충지 원지나루에 주저항선을 만들 시간적 여유를 얻게 되었다.

또 하나, 춘천을 당일로 점령하려고 한 인민군 2군단 2사단 주력부대는 화천방면에서 국도 따라 모진강을 넘어 38선 남방 13km 거리에 있는 춘천을 향해 SU-76 자주포차를 앞세우고 진격했다. 적의 선두에선 포차를 격파해 남침을 지연시킨 대전차포 중대장 심일 중위를 기리기 위해 춘천으로 진입하는 102보충대 앞 도로명이 심일로로 되었고, 그의 동상도 부대 앞에 있다.

적은 당일로 춘천을 점령하려 했으나 국군의 선전과 군관민이 하나된 힘으로 침공한 적 인민군 2사단 주력을 궤멸시켰다.

한편, 춘천 북방 모진강 다리 파괴를 우려해 인제 방면에서 홍천으로 침공하는 7사단에 배속한 저들의 주력 독립전차연대 T-34전차가 홍천 말고개 외통길에서 국군 19연대 육탄 용사에 의해 파괴당해 도로가 봉쇄됨으로 신속한 우회포위 계획에 차질이 생겼다.

이로 인해 인민군 2군단장 김광협은 군단참모장으로 강등되고 2사단 이청송은 경질되었으며 사단장 최충국이 전사한 7사단은 12사단으로 개편된 것이 후일 밝혀졌다.

말고개 육탄용사 전적비는 격전지 군부대 영내에 있다. 철조망을 제거, 영외로 만들어 많은 사람이 자유롭게 전적비를 보아야 안보의식 함양에 더 좋을 것이다.

총성이 멎어 휴전은 되었으나, 이념전쟁은 국내에서 여러 형태로 준동하고 있다. 평화를 원하면 철저하게 마음다짐과 대비해야 한다.

춘천방어에 생명을 바쳐 사명을 다한 내평지서와 북산면 평야는 지금은 소양호 물에 깊이 잠겨 있다.

필자는 심일로 지정과 심일의 흉상을 보고, 호국의 영웅 노종해 경감의 추모비 건립을 글로 발표 2007년부터 희망하였으나 좌경정부시절 이루지 못했었다. 근래에는 물에 잠긴 내평지서 위치의 소양호수 선상船上에서 노종해 지서장과 전사한 호국 영혼을 위한 수중고혼제水中孤魂祭를 지내야만 했다.

전쟁영웅호국영령을 추념하는 비가 호국의 뜻이 모여 늦게나마

춘천내평전투 호국경찰 추모상

건립되었다. 소양댐 아래 아름다운 공원에 2015년에 강원 6·25 참전경찰국가유공자회 회장 김길성의 적극적인 추진과 관계기관의 긴밀한 협조로 기념비가 건립된 것은 참으로 감사할 일이다.

(2015년)

※참고

**중공군으로 활동한 부대를 인민군으로 편성**

- 49년 7월 하순 방호산이 이끄는 중공군 166사단이 신의주에 도착 인민군 6 사단으로 명명되었다.
- 49년 8월 하순 중공군 164사단이 나남에 도착 인민군 제 5사단으로 되었다.
- 50년 4월 원산에 도착 중공군 제15독립사단은 인민군 7사단으로 개편되었다가, 동란시 12사단으로 개칭되었다.

\** 말고개에서 선두 전차가 피격당하는 것을 보고 급히 후퇴하려고 돌리다가 벼랑에 떨어져 죽은 북 전차병의 명찰이 한문으로 된 것은 중공군에서 인민군으로 편성된 조직이므로 한문 명찰을 달고 있었을 것이다. 최초부터 중공군 참전(?) 생각하나, 6·25 침공 때는 참여하지 않았다.

# 철원평야와 백마고지

오대 쌀의 주산지 곡창지대 철원평야는 동서남북으로 넓고 넓다. 목요 친목회원들은 차량으로 한참 달려 대마리를 지나 백마고지 앞에 정차했다.

6·25동란시 철원읍 북방 이름 없는 395m 고지에서 10일간의 전투는 휴전 전에 가장 치열한 전투였다. 휴전회담이 열리고 있던 판문점 동북으로 철원 김화 평강의 병참선 확보와 울타리격인 백마고지를 남북이 서로 차지하려고 1952년 10월 6일부터 15일까지 10일간의 전투로 2만여 명의 사상자와 27만 발의 포탄을 발사한 치열한 전투였다. 적은 중공군 38군 3개 사단이고 아군은 국군 9사단이다. 12번의 고지점령전투, 10번의 백병전이 있었고, 24차례의 고지탈환 전투를 벌였다.

국군 9사단의 30연대 1대대 1중대의 강승우 소위와 안영권 하사 오규봉 하사가 10차 공방전 때, 중화기로 무장한 적의 진지를 수류탄으로 잠재우고 산화하므로 고지를 점령한 국군은 11차 12

차 적의 침공을 막아 영원히 아군의 승리를 만든 전투이기도 하다. 이들은 백마 3군신으로 추앙받는다. 풀 한 포기 없는 격전지 능선이 백마 같은 모양이라고 이 고지를 백마고지라고 하게 되었으며, 전투에서 승리한 9사단은 백마사단이라고 호칭하게 되었다.

백마고지의 육탄 3용사의 유족 오세훈의 '백마고지'란 시와 모윤숙의 '백마의 얼'이란 시로 처절했던 상황을 묘사한 글이 있으나, 원로시인 이은상의 '삼군신찬'을 음미해 본다.

### 삼군신찬

여기 자유의 제단에 피의 제물이 되신 세 군신을 보라
그들은 짧은 인생을 바쳐 조국과 함께 영원히 살았다.
- 중략 -
아! 거룩하여라 아름다워라
그들의 희생과 높은 뜻이여
우리도 그 충성 그 신념 본받아 거기서 새 힘을 얻어
그 힘으로 통일 이룩하고
조국의 앞날을 바로 잡아 천추만대에 부끄럼 없는
영광된 역사를 지으리라.

소련 스탈린의 하수인되어 남침 전쟁을 전개하여 동족의 학살자 김일성은 백마고지에서 패하므로 철원평야를 잃게 되어 통탄

했다는 이야기도 고지 점령 전투에 남은 부수적인 이야기다.

철원은 지정학적으로 침공의 요충지이다. 7·4공동성명 발표 후 남한에는 평화 무드가 조성될 때, 남침용 땅굴을 파다가 발각된 철원에 있는 제 2 땅굴은 국민의 경각심을 일깨우는 안보 관광지이다. 이 땅굴에서는 차량으로 두 시간이면 서울에 도착할 수 있는 가까운 거리이다.

근세 천년만을 보아도 고려와 조선조의 수도가 개성과 서울에 있으므로 수도의 북방 중앙부에 있는 철원은 북쪽에서 외침이 있을 때마다 처참한 수난을 겪어야만 했다.

고려 고종 시대 몽고군이 1231년 8월부터 1257년까지 7 차례의 침략과 약탈로 국토가 초토화되었다. 몽고군의 5차 침입 때다. 당시 철원의 동주성은 외침을 막는 요충지였다. 적들의 침공을 앞두고, 벼를 거두어들이자는 부하들의 건의를 묵살하고, 동주성의 방호별감 백돈명은 익지 않은 벼를 수확하자는 건의자를 처벌했다. 그 후에 몽고군이 성에 다다랐을 때 아전 출신 600명을 인솔하고 나가 싸웠으나, 그 부하들은 싸우지 않고 성주를 버리고 달아났다. 몽고군은 성문을 깨트리고 돌입해 백돈명과 부사 판관 금성 현령을 죽이고 어린이와 부녀자를 잡아갔다. 이때가 고종 40년 1253년 음력 8월이다. 그 이전 고종 4년 5월에도 거란족의 의해 동주성이 함락당한 적이 있다.

철원읍 중리 347m의 산에 축조되었던 동주성東州城은 지금은 그 흔적조차 찾기 어렵다.

친목단체 목요회원의 백마고지 탐방

철원鐵原을 옛날에는 철원鐵圓이라고 한자로 표기했다. 궁예가 도읍을 개성에서 905년 철원군 북면 풍천리로 옮길 때의 지명은 철원鐵圓이었다.

철원을 사랑하는 분들은 수도 서울이란 말의 어원이 철원에서 유래했다고 주장하는 분들이 많다. 철원鐵圓이란 단어는 쇠둘레, 쇠울타리로 해석할 수 있고, 이 쇠울타리가 변하여 서울이란 말이 되었다는 것인데 이러한 어원에 수긍이 가고, 나의 마음에 더 닿는다.

그러나 경희대 교수였던 고 서정범 교수가 출간한 '국어어원사전'에는 서울이란 단어는 신라의 서울, 서라벌 서벌徐羅伐 徐伐에서 유래했다고 기록하고 있다.

친목회원의 2013년 철원 하루 나들이는 풍요로운 철원평야의 포장된 도로를 달리며 서울이란 어원이 '철원이란 쇠울타리'에서 온 것이 맞지 않느냐? 또 철원지구의 전쟁사를 상기하면서, 동족 간에 전쟁 없는 평화 통일을 기원했다.

# 누가 승리한 전쟁인가

　정전 1갑자가 흐른 지금 북쪽은 6·25동란을 자기들이 승리한 전쟁이라고 선전하며, 휴전 정전일 27일을 승전일로 호칭하며 체제유지를 위해 발버둥치고 있다.

　민족의 비극인 동란은 왜 발생하였는가. 비밀 해제된 소련의 문서에 의하면 스탈린은 세계 2차대전 말 얄타회담의 결과로 민주주의와 공산주의의 사실상의 경계선인 38선이 생겼지만 소련의 원자무기 개발, 중국의 공산통일 기하여 경계선을 인정하지 않는 결정을 하고, 무력 적화통일을 바라는 김일성에게 50년 1월 30일 남침을 승인했다.

　이것은 세계 공산주의 팽창 전략의 일환이다. 6·25는 스탈린이 주동적 계획, 모택동의 보증, 김일성에 의해 발생한 것이다. 또 UN에서 거부권을 행사하지 않은 것은 스탈린이 인해전술 중공과 세계의 최강대국인 미국이 한반도나 만주에서 이전투구泥田鬪狗의 전쟁을 하도록 한 저의가 숨어 있다고 전략가들은 평가한다.

저들은 한국군의 두배가 되는 105,752명 대 198,380명으로 월등한 병력과 대한민국 국군은 한 대도 없는 막강한 242대의 전차를 앞세우고 1개월 전쟁으로 대한민국을 궤멸하고, 그 해 8월 15일 서울에서 조선민주주의 인민공화국 선포를 하려는 기습 기동 작전이었다.

대한민국이 6·25동란시 망하지 않은 이유는 애국가 가사와 같이 하느님이 보우保佑하사에 있다. 개전 초기 나라가 망할 사유가 여러 곳에 나타나 있다. 1950년 6월 10일 38선 경비 4개 사단 중 1사단장 백선엽 사단장을 제외한 3개 사단장의 교체와 많은 지휘관 교체, 방위계획을 주도한 강문봉 대령의 전격 교체, 전방을 지킬 연대는 후방으로 이동하고 국군 2사단 25연대는 충남 온양에서 전방으로 이동되어야 하나 피침 당일까지 부대가 도착하지 않았는가 하면, 수많은 부대 이동과 배속 변경이 있었다.

저들의 침공 전야 육군회관 준공으로 중요지휘관들이 밤새 술에 취해 몽롱해 있었다. 전차병 귀순으로 전방에는 적의 전차가 배치되어 남침 명령만을 기다리고 있는 상황임을 6사단에서 보고하였음에도 국군은 6월 11일부터 유지해오던 비상경계를 23일 24시를 기해 해제하고, 모심기 외출 외박으로 38선 경비 병력을 또 빼어 전력을 약화시켰다.

백선엽 장군의 글을 보면 개전 초기 국방부장관과 차관, 참모총장 채병덕, 참모차장 김백일 중 누군가가 북과 연결된 것이 아닌가 의심된다고까지 했다.

또 위장평화 전술의 일환으로 북에 억류된 조만식 선생과 간첩 이주화 등을 여현역에서 26일 교환하자고 제의하여 시선을 다른 곳으로 돌리는 기만도 병행했다.

결과적으로 자유진영의 16개국이 UN의 깃발 아래 연인원 135만 명이 대한민국을 지원하여 냉전체제하에 공산주의 팽창을 저지하고, 자유 민주주의를 수호한 전쟁이다.

전쟁의 폐허와 추위, 굶주림의 대한민국은 세계에서 손꼽히는 경제 대국이 되었으며, 구호물자에 의해 살던 나라가 원조를 주는 나라로 발전했고, 2010년 기준으로 대한민국의 국민소득은 북쪽의 40배에 이르고 국력은 212배라고 한다.

경기도 개성과 옹진반도 일부를 판문점 휴전회담 장소 관계로 진격하지 못해 저들에게 넘겨주었으나, 경기도 연천에서부터 강원도의 철원 김화 화천 양구 양양 속초 고성 등 많은 면적과 화천 발전소와 명산 설악산을 포함해 넓은 영토를 수복했다. 또 저들의 체제를 피해 월남한 동포의 수는 그 얼마인가.

오바마 미 대통령은 2013년 7월 27일 워싱턴 한국전쟁 정전 60주년 기념식에서 한국전쟁은 무승부가 아닌 대한민국의 승리라고 평가하며 "5천만 명의 한국인들이 누리는 자유, 활발한 민주주의, 세계에서 가장 역동적인 경제는 한국 전쟁의 승리에 따른 유업이다"라고 평가했다.

지금 우리나라에는 발전을 위해 보수와 진보, 민족상잔 동란의 잔재인 이념적 종북 좌파 집단까지 부닥치며 하루하루 민생을 개선하며 착실히 발전하고 있다.

북은 어떤가? 세계 어디에도 없는 공산주의 3대 세습의 김씨 왕조체제 유지를 위해 안간힘을 쓰면서 백성의 안위를 진정 얼마나 배려하는 정권인가? 언론의 자유가 있나, 거주 이전 직업선택의 자유가 있나, 여행의 자유가 있나, 김씨 왕조를 옹립하는 일부 기득권층에 의해 영역 안 백성의 인권과 자유는 도외시되고 있지 않은가.

대한민국 건국의 아버지 이승만 대통령은 광복 후 공산주의자들의 끈질긴 방해를 극복하고, 헌법 1조에 '대한민국은 민주공화국이다'라고 명시한 나라를 세웠다. 그러므로 자유와 시장경제를 바탕으로 면면히 이어져 오고 있다.

그러나 북의 정권 창립은 스탈린이 내려준 헌법으로 허수아비를 세운 괴뢰정권임을 역사가는 다 안다. 여러 무장 독립운동가들이 익명으로 사용한 위대한 김일성 장군의 이름을 차용한 김성주의 본색도 세상은 알고 있다. 소련 땅에서 출생한 김정일을 백두산에서 출생하였다고, 미화 조작하는 인물들이 꾸미는 거짓 역사의 연속이다. 후일 역사가 심판할 것이다.

광복 후 5·10 자유선거를 소련의 방해로 삼천리강산은 분단되었다가 6·25동란은 1953년 7월 27일 휴전 후 총을 쏘는 전투행위만 정전되었지 계속되는 흑색선전, 남한의 혼란 야기와 도발은 지속되고 있다. 정전 60주년의 단계에서 누가 승리했다고 할 것인가. 더 잘 사는 대한민국이 승자인가? 무승부인가? 그저 정전상태일 뿐이다.

　나라의 기둥인 백성이 더 자유롭고 인간다운 가치를 지니며 살 수 있고, 전쟁의 폐허에서 세계 10대 경제대국으로 자란 대한민국의 체제가 외형상으로 승리한 것같이 보인다.

　저들이 지속적으로 전개하는 이념 전쟁의 하수인들이 민주화란 이름으로 각색되어 정치권에 침투한 종북놀이 패들을 국민이 바로 알고 각성하는 날이 대한민국이 안정을 찾는 날이며, 그런 자들을 도태시키는 날이 진정 대한민국이 승리하는 날이고 통일되는 날이 될 것이다.

(2013.)

# 흥남철수 작전의 결실은

영화 '국제시장'으로 6·25동란을 다시 생각하게 되었다. 굶주림을 넘어 풍요의 시대를 연 눈물겨운 사연이 서독광부로 간 덕수를 통해 소개되었다.

'국제시장'의 영화 첫머리에는 세계 유래가 없는 흥남철수작전이 있다. 흥남철수작전 배후에는 장진호 주변을 북진하였던 미군과 국군의 피비린내 나는 '장진호철수작전'이 있다.

흥남철수작전은 1950년 12월 24일 군함 빅토리아호가 군 장비를 버리고 피난민 14,000명을 탑승시키고 마지막으로 온양호 선박이 출항하며 모든 군인과 10만 명의 피난민이 철수하고, 철수선 안에서 김치 1에서 김치 5까지 명명된 새 생명의 신생아가 태어났다.

한반도 통일 후 크리스마스 휴가를 생각하던 UN군은 중공군의 대거 침공으로 후퇴하며, 인공호수 장진호 주변 해발 1천m에서 2천m의 개마고원, 영하 30~40도를 오르내리는 한파와 싸우면서 미 에드워드 소장이 인솔한 미군 10군단과 7사단은 후퇴 중 수많은 장병이 전사했다.

1952년 8월 20일, 트루만 대통령으로부터 최고무공훈장 명예훈장을
수여받는 윌리엄 빌 바버 대위와 그 가족

이 철수작전의 가장 중요한 한 장면이 폭스중대의 눈물겨운 전
투장면이다. 폭스중대는 불가능을 가능하게 하였다. 미 해병대 1
사단 폭스중대가 1950년 12월 12일까지 함경남도 장진호에서 흥
남에 이르는 유일한 길, 유달리에서 하갈리로 이어진 동덕로 통로
를 사수하기 위한 혈전이다.

미 해병 1사단 7연대 2대대의 폭스중대장 바버 대위는 전투 3
일 째인 50년 11월 29일 새벽 3시경 골반에 총상을 입고도 끝까
지 중대를 지휘해 싸우며, 우군의 후퇴를 돕다가 12월 5일 저녁
6시 중위 아벨에게 중대지휘권을 인계하고 후송된다. 중대원 246
명 중 대부분이 전사하고 60명만이 겨우 살아남았다. 미 해병 1
단이 중공군의 포위공격을 버티며, 흥남철수작전의 중요 후퇴로
를 확보한 가장 치열한 폭스중대의 전투상황이 있다.

미 해병 1사단의 10배가 넘는 12만 명의 중공군은 장진호 전투
에서 2만 명의 인명손실을 입으면서 인해전술로 공격한 전투이

다. 이 전투는 12월 24일 이뤄진 최후의 흥남철수작전을 가능케
했으며, 결과적으로 수많은 피난민과 군인의 목숨을 살렸다.

폭스중대의 기적 같은 활약상을 기념하기 위해 살아남은 몇 안
되는 병사 이름인 '초신 퓨 Chosin Few'란 단체를 만들어 미국 내에
장진호 주변과 흡사한 알래스카에 기념공원을 건립하고 그들의
전공을 길이 잊지 않으려 하고 있다.

자기들의 조국도 아니면서 이 세상에서 하나밖에 없는 생명을
대한민국을 위해 바친 UN군 전사자가 4만670명이고 6·25동란
에 최후를 마친 미군은 무려 3만6천574명이나 된다. 당사자인 한
국군은 전사 13만7천여 명이며, 그외 많은 부상자가 있었다. 그리
고 많은 이산가족, 전쟁고아, 미망인을 동족상잔의 전쟁 발발의
원흉이 만들었다.

6·25동란 휴전 후, 불안전한 대한민국의 안보는 한미 방위조약
이 버팀목이 되어 보릿고개를 넘어 기적의 경제를 이루어 산업화시
대를 넘어 정보화시대가 되었고, 세계에서 가장 가난한 나라에서
세계 10대 경제대국이 되었다. 원조를 받던 나리에서 원조를 주는
나라가 되었다. 그간 시행착오와 과실이 각성제가 되어, 오늘의 대
한민국의 번영을 이루었다. 첨단 과학기술과 홍익인간, 배달민족의
문화를 세계가 괄목하고 있다. 4차 산업혁명의 길에 들어섰다.

이렇게 괄목하게 발전한 대한민국의 대통령이 2017년 불통으
로 탄핵되었다. 형제자매와 불통, 언론과 불통, 여야 정치권과 불
통, 남북한 간 불통, 오직 비선실세와 소통해서 4불통 유일통이라

는 평을 하고 싶다. 결국 최순실의 국정농단으로 대한민국의 집권당이 분열되어 대통령 박근혜는 국회에서 탄핵되고, 촛불시위의 위력이 이어져 헌법재판소에서 박대통령을 파면했다. 현금 받은 사실이 없는데도 뇌물죄로 구속까지 되었다. 이어진 대통령 선거에는 흥남철수작전으로 피난 나와 거제도에서 출생한 문재인이 19대 대통령으로 당선되었다. 민주화 이후에 보수와 진보가 10년을 두고 정권 인계를 한 것이다.

문재인은 흥남철수작전 덕분에 대한민국 국민이 되었다. 그가 북에 태어났다면 3대 세습독재 체제에서 두각을 나타낼 수 있었을까. 폭스중대와 같은 처절한 전투 덕에 대한민국에서 출생했다. 자라며 숱한 난관을 겪고 청와대의 주인이 되었다. 자유로운 대한민국이므로 역동적인 주인공이 될 수 있었다.

동양철학에서 대한민국을 간방艮方이라고 한다. 간방의 대한민국은 소년이고 태방兌方의 미국은 소녀라고 한다. 소년과 소녀는 가장 궁합이 좋다. 또 간방은 생성生成과 결실結實이 있다. 문 대통령의 당선 후, 한 말 중에 "지지하지 않은 층의 대통령도 되겠다!"는 말은 정치수사가 아닌 진심일 것이다. 과도한 인기복지정책으로 실수하지 않기 바란다.

흥남작전으로 대한민국의 국민으로 출생하고, 북악산 아래 푸른 기와집의 주인이 되었으니, 5천만 대한민국 국민의 자유와 생명, 재산이 북한 독재자의 위협에 놓이지 않게 하면, 희망찬 생성과 결실의 열매를 이루리라.

(2017.)

# 비수구미에 세운 댐

'비수구미備水口尾'란 한자를 해석하면 물을 대비하는 입구의 아래라고 할 수 있다. 평화의 댐은 비수구미의 위에 있다. 행정 지명은 강원도 화천군 화천읍 동촌리다. 비수구미는 옛 조상이 지어 후손에 남겨준 이름이다. 참으로 묘한 이름이다.

비수구미 위쪽에 설치된 평화의 댐, 후손들이 수공전을 대비하는 곳이란 것을 암시하여 준 지점에 건설한 댐이라고 생각하면, 참으로 훌륭한 선견지명의 조상을 가졌다.

혹 기록에는 비수구미를 한자로 飛水口尾로 기록한 곳도 있다. 또 산에는 소나무를 함부로 벌채하지 못하게 하는 비소고미금산동표非所古未禁山東標가 있다 하나 필자는 확인하지 못했으나 첨기한다.

사람은 물과 불 없이 살 수 없다. 우리 몸의 구성도 2/3가 물이다. 물 없이 살 수 없는, 중요한 물 때문에 많은 인원이 일시에 큰 재앙을 당할 수 있는 것을 대비하는 댐이 비수구미의 위에 있다. 강원도 화천읍에서 화천댐 앞을 지나 1,194m의 해산령을 올라 1,986m의 해산터널을 지나 굽이굽이 돌아 내려가면 산골마을 비수구미가 있고, 바로 위에 평화의 댐이다. 평화의 댐에 가면 물의 중요성을 알리는 전시관이 있고, 댐건설 경위를 알 수 있다.

물전시관이 있는 평화의 댐은 우리 대한민국의 안보 책임을 지고 있다. 1986년 북한은 담수량 200억 톤이라고 발표한 금강산댐(임남댐)을 착공했다. 금강산댐 담수량을 하류로 급히 방류할 때, 화천댐과 춘천댐 이하 댐들이 덩달아 터지면서, 서울시가 물에 잠긴다는 학자들의 이야기가 있었고 이에 대응할 대책이 절실했다. 온 국민의 자발적인 성금이 모이고, 87년 2월 28일 북의 금강산댐 수공을 우려한 평화의 댐 1단계 공사를 착공하여 88년 5월 27일 댐 높이 80미터타 담수량 5,9억m³의 1단계 공사를 준공했다.

평화의 댐 1단계 공사를 한 전두환 대통령 후의 김영삼 대통령 때이다. '역사바로세우기'란 정치구호로 군림한 김 대통령은 평화

평화의 댐 1단계, 2단계 공사

의 댐은 '정권유지 차원의 대국민 사기극'이라고 호통을 쳤다. 대쪽이란 별명을 가진 감사원장 L도 '대국민 사기극이 맞다' 하고, 일부 언론도 맞장구를 쳤다.

그러나 평화의 댐은 소리 없이 2단계 공사를 해야 했다. 북의 금강산댐의 담수량이 200억 톤이 안되지만 부실로 붕괴, 또는 수공을 대비하기 위해 김대중 대통령 때 2002년 9월 30일 평화의 댐 2단계를 착공하여, 노무현 대통령 때 2005년 10월 19일 댐 높이 125m의 2단계 공사를 준공하여 담수능력을 26,3억㎥로 향상시켰다. 거대한 댐이 화천군과 양구군의 경계지점 북한강 상류에 건설된 것이다. 북의 금강산댐의 방류량을 충분히 감내할 수 있는 튼튼한 댐을 준공했다. 정권유지 차원의 대국민사기극이 아니라고, 국민이 편안하게 살 수 있게 하는 댐을 좌경 대통령이 2단계 공사를 한 것이다.

이제 저들이 금강산댐의 담수량을 일시에 방류 수공전을 기도해도, 또는 부실시공한 북의 댐이 붕괴하여 물이 하류로 흘러 와도 대한민국 국민은 평화의 댐 덕분에 불안 없이 편히 살 수 있게된 것이었다. 그러므로 국민을 평화롭게 하는 댐이므로 '평화의 댐'이란 명칭이 가장 잘 어울린다.

박정희 대통령 서거 후, 3김의 정치판도가 예상될 때 참으로 묘한 말이 있었다. 충청도 출신 김은 때가 묻었고, 전라도 출신 김은 지나치고, 경상도 출신 김은 좀 모자란다고 한 인물평이다.

정권유지 차원의 대국민 사기극이라고 한 K대통령의 언행과

식견이 안타깝다. 1994년 6월 미 대통령 클린턴이 한반도 비핵화 약속을 어기고 핵을 개발하는 북녘 핵시설에 대해 폭격하여 후환을 없애자는 제안을 했으나 미래식견이 부족한 그는 제지, 거절했다. 그 결과 현재의 대한민국은 북쪽 핵을 머리에 이고 살게 한 분이다. 자기 위주의 생각에 집착해 같은 당 민주주의 동업자 김종필을 내치며 여당의 후보자도 포용하지 못했다. 자기 사람 충청도 출신 이모를 지지하는 바람에 국민에게 좌경 대통령을 맞게 했다. 또 경제적 식견이 부족해 나라의 경제국치인 IMF를 가져 왔다. 퇴임 후 긍정적인 평가보다 부정적인 평가가 더 많은 분이다.

정권유지 차원의 말이 맞다고 맞장구를 친 L도 후일 대권에 출마하여 역시 포용력 부족으로 연달아 좌경 대통령 2명이 탄생하는데 기여하고, 차떼기 괴수란 평가를 들으며 전락했다.

안보는 국가와 국민을 보호하기 위해 제일 중요하다는 것을 새삼 느끼게 하는 평화의 댐에서 과객이 푸념한다.

평화의 댐 전경

# 중국의 전승절

2015년 중국의 전승절 행사가 거창하게 진행됐다. 박근혜 대통령과 반기문 UN사무총장의 참석에 일본은 신경질적인 반응을 나타냈다. UN 사무총장의 참석은 중립성에 문제가 있다는 일본에 대해, 사무총장의 자리는 공정성의 자리라며 과거 역사를 되돌아보고 미래를 위해 참석했다며 일본을 반박했다.

2차 세계대전이 끝난 후 전승절을 보면, 러시아는 독일이 항복문서에 서명한 5월 9일을 전승절로, 유럽은 5월 8일을 전승절로, 미국은 일본 왕이 8월 15일 조건 없는 항복을 선언 후 도쿄만에 정박한 군함 미주리함에서 항복문서에 서명한 9월 2일을 전승절로 한다.

중국의 전승절은 어떤 날인가. 지금의 중화인민공화국이 정한 날이 아니다. 당시 중국대륙을 지배하던 중화민국 장개석 총통이 1945년 9월 3일을 전승절戰勝節로 지정한 날이다. 중국 대륙을 침략한 일본 관동군은 남경南京에서 9월 9일 중화민국의 항복문에

서명했다.

　박대통령이 중국의 전승절에 참석하는 것을 못마땅하게 생각하는 일본 언론은 6·25동란 시 김일성을 도와 한국전에 참가한 중국에 어찌 가느냐? 식의 논조이나, 나는 다르게 생각한다. 전승절 행사는 일본 침략자들을 격퇴한 70주년 기념일이다. 그러니 박대통령이 당연히 참석해야 한다. 침략한 일본군에 중국 군대는 국공합작으로 대응했지만 국부군 장개석이 지휘하는 국부군 군대가 대종을 이룬 전쟁이다. 우리 선배 독립군도 처절한 극일 투쟁을 했다.

　윤봉길 의사가 1932년 4월 29일 상해 홍구공원에서 일본의 승전 자축행사에 일군 수괴들을 풍비 박살냈다.

　1920년 6월 6-7일의 우리의 독립군 홍범도 장군의 봉오동 전투는 일본군 대대를 격멸한 전투이다.

　김좌진 장군과 이범석 장군, 홍범도 장군은 일본이 독립군의 뿌리를 뽑으려는 대대적인 전투에서, 독립군은 청산리 백운평과 이도구로 이어진 일원에서 1920년 10월 21부터 6일간 일본군 여단을 궤멸하고 이어 기마연대를 박살내고 연대장을 사살했다. 또 일본군끼리 서로 사격하도록 한 전투이다.

　지청천 장군은 1933년 6월 23일 대전자령에서 독립군과 중국군의 합동작전으로 일본군 한 연대를 전멸시키고 그들의 전 장비와 보급품을 노획한 전과가 있다.

　위 세 건의 전투는 독립군 3대 대첩이다. 그 외 지청천 장군의

1932년 9월과 11월의 쌍성보 전투는 승전과 패배의 고전도 있었으며, 지속되는 여러 소규모 쟁투가 이어지지 않았는가.

항일연군 6사 소속군이 혜산진에서 20km 떨어진 군이 주둔하지 않고 경찰 수명 만이 근무하는 보천보를 1937년 6월 4일 습격, 경찰주재소 면사무소 우체국 산림보호구를 방화하고 격문을 살포한 사건이 있다. 민간인 2명이 유탄에 사망한 사건이지만 식민지 시대 동아일보에 6월 6일 '마적단이 보천보를 습격 약탈해 갔다.'고 보도됨으로써 궁금하던 독립군의 계속되는 활동을 알리는 계기가 되었다. 이것은 작은 쟁투에 속한다. 이 일을 어마어마한 전과인양 선전하는 북의 양태는 김일성의 이름을 차용한 김성주의 활동에 자랑할 꺼리가 없어서 나온 촌극일 뿐이다.

또 1940년 가을 만주에서 소령으로 피신, 소련군 88여단 대위로 근무한 김성주는 1945년 9월 19일 소련군 대위로 소련군 군함을 타고 원산에 상륙 '나, 김성주올시다' 하고 인사하던 자다. 소련의 꼭두각시로 독립군의 상징적 장군 김일성으로 둔갑한 것뿐인데, 이를 미화 조선반도를 해방시킨 양 조작한 북의 역사 교과서에 감염된 자들의 의식이 가련하다.

정치에는 영원한 적도 영원한 우방도 없다고 한다. 6·25동란시 김일성을 도와 침략한 중군 군대는 죽竹의 장막帳幕 시대의 모택동 지시에 의한 군대이며, 지금은 개방시대이다. 현 중국대륙은 사회주의 정권이나, 수출로 나라를 지탱하는 우리의 경제활동 작전지도에는 중국을 제외하고 말할 수 없다. 중국대륙은 경제의 가장 중요한 안마당이고 필요한 우방이다.

미국과 중국 사이에서 등거리 외교로 조화 조정을 위해서도 박 대통령은 전승절 행사에 참가한 결단은 잘하신 것이다. 튼튼한 한 미 방위조약에 의해 북쪽 정권에 가장 영향력을 끼칠 수 있는 중 국을 이용해 핵 장난을 하지 못하도록 하기 위해서도 중국의 전승 절 행사 참석은 지당한 것이다.

친북 좌파가 퍼준 돈으로 민족의 공멸을 가져올지도 모르는 핵 을 북이 개발하도록 도와줌으로 우리는 핵을 이고 사는 격이 아닌 가. 전쟁 없이 평화적으로 통일할 기틀을 위해서, 한반도 비핵화 를 위해서 중국의 거대한 행사 초청에 당연히 참석해 바람직한 터전을 만들어야 한다.

전승절 행사에 참석한 박근혜 대통령을 중국은 특별히 배려했 다. 많은 각국 정상들이 참석하였음에도 시 주석과 박 대통령의 '특별오찬과 단독 회담'은 북녘 김정은에게 천만 마디의 웅변보다 더 큰 메시지를 보냈다. 그러나 다른 방향의 생각들은 너무 중국 에 가까이 하는 것이 아닌가 생각하는 분들도 있을 것이다.

전쟁 없는 평화 통일을 위해, G2 중국을 내편으로 만드는 정치 수완도 좋다고 생각한다.

# 삼치의 나라에서 탄핵

　보통 나라 살림은 내치內治와 외치外治로 구분한다. 한국은 단일 민족이면서 세계에서 유일한 분단국가이다. 일갑자壹甲子 전에 북에서 도발한 동족상잔 상흔이 깊이 배어 있다. 동족 간에 총을 쏘는 전쟁은 정전 상태이나, 이념 침투는 계속되어 민주의 너울을 쓰고 너울거린다. 그러므로 대한민국은 나라의 존망이 달린 북치北治가 하나 더 있는 삼치三治의 나라다. 북치는 대단히 중요하다.

　동란의 참상으로 세계에서 가장 낙후되고 가난한 나라에서 세계 경제 10대 대국으로 괄목하게 발전했다. 이런 기적은 근면한 백성과 훌륭한 지도자가 있었기 때문이다. 또한 전쟁을 억제하는 한미방위 조약의 울타리 덕분이었다.

　역사는 되풀이된다는데, 남북의 군사적 힘의 균형이 지금 무너지려고 한다. 북쪽에서 공포의 핵核 개발로 다시 균형이 깨어지려는 단계이므로 북치는 더욱 중요하다.

　박근혜 대통령의 삼치를 평가해 보자. 외교는 어떤가. 국제 감각에 어긋나지 않게 잘 했다고 본다. 역대 대통령에 비해 우수하다고 나는 평한다.

북치는 어떤가. 식민지 시대에 태어나서 6·25 참상을 목격하고, 산업화 시대에 참여해 살았던 내가 보았을 때 북쪽 동포를 바라보고 독재자를 견제하는 정책은 역대 대통령과 비교 평가해, 대단히 잘했다. 제일 우수하다.

내치는 어떤가. 해바라기 정치인들이 감히 손대지 못한 묵고 찌들은 공공 금융 노동 교육 분야에 고질병을 고친 업적이 많다. 국기를 튼튼히 다지며 안보를 공고히 한 공 또한 크다.

그러나 불통이란 별명이 붙어 있다. 친남매도 멀리하며 잘하려 했으나, 유언비어의 활화산인 최태민의 딸 최서원(순실)이 비선 실세로 관여했다는 이야기는 듣기조차 민망하다. 이런 상황에서 박 대통령의 '비선실세'의 정치 개입이란 전대미문의 일로 정권을 쟁취하려는 계층과 언론이 대한민국을 흔들었다.

선동가 괴벨스의 수법을 이용한, 한 줄의 말로 시작한 저속한 괴담적 선동이라 하더라도 박 대통령의 해명이 부족했다. 반도 특질인 '냄비 여론'이 들끓는다. 이런 여론은 특정 언론이 불에 기름을 붓는 역할을 했다. 정치인이 맞장구를 쳤다. 대통령 하야하란 시위가 일어났다.

법원은 청와대 인근까지 시위대의 행진을 허용했다. 선동으로 동원된 촛불시위대에 불만 세력이 가미되어 매 주말이면 광화문 거리를 메워 대통령의 하야를 외쳤다. 불순한 세력이 선량한 시민으로 가장하고 대한민국을 뒤흔들 기회로 참여한 자도 있을 것이다. 과연 순수한 민의인가.

대통령이 민중혁명 같은 시위에 하야해야 되는가. 그보다 더한, 북에 은밀히 수억 달러를 준 자도 심판하지 않았는데, 문화융성사업 일부의 부정이 있다고 하야나 탄핵의 대상인가?

삼치의 나라에서 국군통수권자가 하야해선 안 된다. 박대통령의 비난은 법 위반이라고 하여 생긴 것이다. 1960년 4·19 때 연로한 이승만 대통령이 인의 장막에 싸여 부정선거를 몰랐다가, 사실을 알고 하야한 것은 민주주의를 성숙시켜 준 것이다. 2016년 말 하야 시위에 박 대통령이 하야하면 민중혁명에 굴복 민주주의를 후퇴시키고, 대한민국이 위태롭다.

집권당이 분열됐다. 박 대통령이 법 위반이라고, 권력의 그늘에서 입 벌리고, 보다 쉽게 과실만을 먹으려는 집단이 분열되어 2016년 12월 9일 국회에서 현직 대통령을 탄핵했다.

탄핵은 헌법에 명시되어 있다. 나라의 기틀인 법에 따라 냉철하게 판단하고 탄핵하여야 한다. 그러나 성숙한 민주주의 국가에서는 상상할 수 없는 행태의 탄핵이라고, 재미 거주 전 대한민국변협회장을 한 법률전문가 김평우 변호사는 전대미문의 탄핵반대 태극기집회에서 호소했다. 그러나 헌법재판소에서 8명의 재판관이 2017년 3월 9일 박대통령을 파면했다. 민주주의를 오래 실천한 자유우방의 법률 전문가도 이상한 탄핵이라고 평가하는 층도 있는 것 같다. 대통령이 탄핵되면 2개월 내에 다시 대통령을 선출

하여야 한다.

성숙된 선진 자유 시민은 선거를 통해 변화와 진보를 꾀한다. 촛불시위에서 촛불로 안 되면 혁명이라고 아우성친 정치인에게 묻고 싶다. 선거를 통한 사회변화를 기다리는 것이 그렇게도 조급한가. 선거를 통한 사회변화에 기대할 수 없으니 폭력이 무기인 혁명인가. 이런 분위기를 만들려는 세력은 민주의 너울을 쓰고 있는 이상한 패거리라고 생각한다.

애국가 가사와 같이 하느님이 보우하사 2만 불 시대를 넘어 3만 불 4만 불의 성숙한 선진사회가 되도록 안정을 다져다 주고, 나라의 정체성 아래 건전한 보수와 건강한 진보가 경쟁하도록 지켜주시기를 간절히 소망했다.

백두대간에서 대한민국을 전복하려 한 무장게릴라를 섬멸하여 굳건한 나라 지키기에 분투한 선배로 대도시에 날뛰는 국가 전복 세력을 발호하지 못하도록 삼제芟除하라고 마음으로 호소했다. 당국에서는 평온한 선거분위기를 유지했다.

주한 미국대사 리퍼트는 촛불시위에 애완견을 데리고 수차 나타났다. 박정희를 저격한 것은 김재규이나, 그 배후가 미국이란 것을 알고 중국 쪽으로 너무 가까이 접근한 박근혜 대통령의 탄핵에 그가 어떤 영향을 미치게 한 것이 아닌가 생각하게 한다. 트럼프가 미 대통령이 된 후 미 CIA에서 보고 받은 다음날 리퍼트 대사를 왜 긴급하게 해임하고, 수개월째 동북아 안보에 중요한 한국에 미국대사가 없는 것은 무엇을 의미하는가?

19대 대통령은 촛불세력과 조직화된 좌파가 젊은층의 지지로 당선되었다. 좌경 진보정권이라고 평을 받는 정부는 성장보다 복지 분배로 하향평준화 사회로 만들 것이 우려된다. 또 우방 미국과 안보에 간극이 우려된다. 이것이 대한민국의 국운이다.

삼치의 나라에서 탄핵된 박근혜 대통령을 생각한다. 뇌물 받은 적 없는 전 대통령이 뇌물죄로 구속되었다. 촛불 여론 힘으로 영오의 몸이 되었다. 그러나 과연 비난 받을 행위가 그렇게 많았는가. 나라의 기틀을 튼튼히 세운 아버지에 이어, 그 기틀을 더 공고하게 하려다 도중하차했다. 그는 자기 생명을 담보로 특단의 조치를 하지 않는 한 불명예를 벗기 어렵다고 생각한다.

참고하면 18대 대통령은 전대미문의 15,773,128표의 51,55%로 당선된 대통령이 촛불혁명으로 임기를 못 마치고 탄핵되었다. 19대 대통령은 13, 423,800표의 41.1%로 박근혜보다 10%나 낮은 지지로 당선된 것이다.

경건한 마음으로 문재인 대통령의 영도력을 기다려 본다.

대한민국을 전복하려는 세력을 견제하고, 건전한 진보와 보수가 국민이 납득할 수 있는 수준으로 국가와 국민을 위한 경쟁을 하면 긍정적인 결실이 이룩되리라고 생각한다.

# 5부

# 손글씨
# 편지 모음

컴퓨터로 글을 쓰는 지금 손글씨를 보면 신선하다.

정겨운 편지를 받으면 보낸 분의 얼굴을 떠올리며 글을 보게 된다.

사람의 산 흔적이 역사이고 문화라고 생각하면 손글씨는 가장 아름답고 순수한 문학의 한 분야가 아닐까.

많은 시간을 보내면서 손글씨의 편지를 몇 편 받았다. 그냥 잊어버리기에는 너무 아까운 글씨이다.

아주 일찍 받은 편지는 보관하지 못해 이곳에 같이 올리지 못하는 아쉬움이 있다.

모아둔 편지는 한 분에 두 편 내외로 제한해 매수를 줄였다.

인쇄체 편지에 손글씨를 첨가한 것도 포함하여, 그 손글씨 향기를 오래 간직하려 한다.

鶴岩

순라꾼의 넋두리 惠送해 주셔서 感

謝하오. 鶴岩의 글은 前에 한두편 接한

일이 있어 그 文才는 이미 짐작하고 있었

오마는 이번 隨筆集을 읽으면서 鶴岩

의 淸楚한 詞藻에 所懷를 禁할 수 없어

받가 있오. 文藻가 簡潔하여 부담이 없고

글 갈리 따라 故鄕이 香臭가 느껴져

더욱 반가웠오. 爲堂 鄭寅普先生의

글에 「글은 꾸미는데서 시들고 참된데서

崔承洵
200-091
춘천시 효자2동 182-5
김남석 님
淸案下

200-852

170

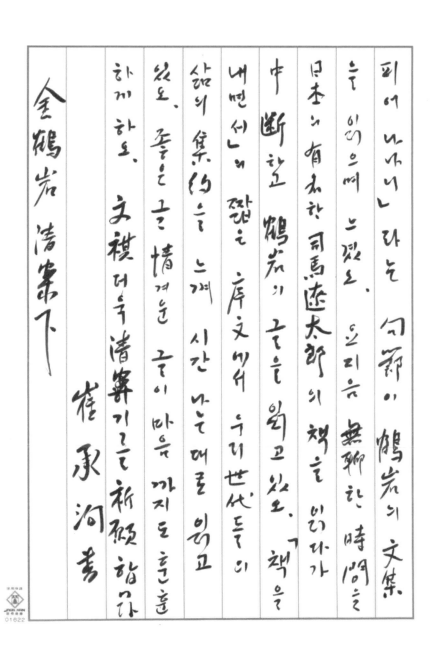

피어 나가니 다는 句節이 鶴岩의 文集
을 읽으매 그렸오. 우리는 無聊한 時間을
日本의 有名한 司馬遼太郎의 책을 읽다가
中斷하고 鶴岩이 글을 읽고 있오. 책을
내면서 編輯은 序文써서 우리 世代들의
삶의 集約을 그게 시간 나는 대로 읽고
있오, 좋은 글 情겨운 글이 마음 까지도 흐믓
하게 하오. 文琪더욱 淸算기르고 祈願 합니다

崔承洵書

金鶴岩 淸案下

鶴岩 순라꾼의 넋두리 惠送해 주서서 感謝하고 학암의 글을 전에 한 두 편 接한 일이
있어 그간 文才는 짐작하고 있었오 마는 이번 隨筆集을 읽으면서 鶴岩의 清楚한…

171

鶴岩 先生 께

删要
하옵나,

보내주신 세 번째 에세이집 「사계절

꽃피는 봄에는 잘 받아서 열심히 읽

山있습니다. 身邊雜記 때위로 수월

이라고 일컫는 세상에서 심지 뚜렷한

강원. 춘천시 효자2동 182-5
김남석 님께

200-952

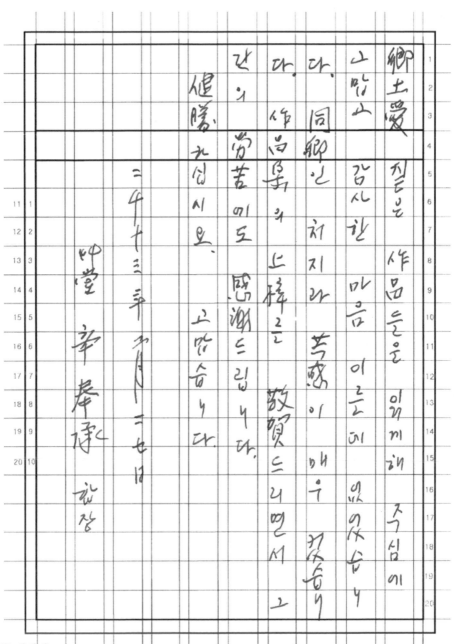

鶴岩 선생께
刪蔓(除煩과 같은 뜻) 하옵고/ 보내주신 세 번째 에세이 집 사계절 꽃피는 봄내는 잘 받아서 열심히 읽고 있습니다. 身邊雜記 따위를 수필이라고 일컫는 세상에서 심 지 뚜렷하고 鄕土愛 짙은… ─신봉승 선배님의 편지 일부

김 남 석 님께

봄이 오는 소리가 들리는 듯 합니다.

보내주신 귀한 수필집 「순라꾼의 넋두리」도 잘 받았습니다. 江陵의 草堂집을, 비우고 떠나 있어 感謝의 四信이 이리 늦었습니다. 寬容하시기 바랍니다.

아직 끼끼히 실려 읽지는 못했습니다만, 일렀만 살펴도 삶의 意味가

전달되는 글이 꽉 차 있는 것 같아 生覺이 납니다. 책갈피에 읽기가 아깝고, 諸君의 봄이 다채로운 내용이 더욱 무척 큰 悔慨이 自慢스럽습니다. 글채로도 長壽이라는 책임이 있게 또

뜻 있는 일로 하시길 바랍니다.

二〇〇九年 一月 二十日

丙戌 新願을 빌며

甲鎭 辛奉承 拜

고향 강릉의 최갑규 선배님이 수필집을 받으시고 주신 편지

鶴岩 김남우 隨筆集 님

故鄕 江陵의 텃밭을
갈고 일구었던 그 시절
서로 기쁘게 만나
한노래 맞추어 불렀던
江陵의 노래 그립습니다
鶴岩님 그대와 나는
眞情 손라군의 넋두리..를
마음에 지니고 健康하게 살것을...
2006年 2月 15日
崔 甲奎

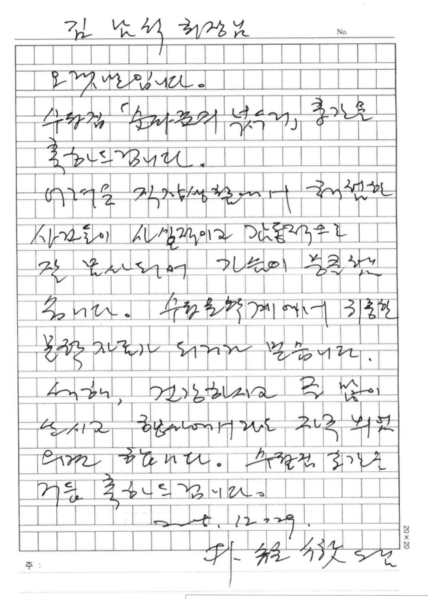

김 남 석 회장님

오랫만 입니다.

수필집 「숯가마의 낙수리」 출간을
축하드립니다.

여겨울 직장/생활에서 쾌쾌섬히

살겼음이 신실력이고 각론적우로

잔 몬시되어 가슴이 뭉쿨합

습니다. 우릴 문학계 에서 지중한

문장 지로라 되겨가 믿습니다.

새해, 건강하시고 모 뱃이

성시고 행복에겨져는 지로 뫼픔

어겨 축하니다. 수필집 출간은

거듭 축하드립니다.

2005. 12. 29.

朴 鍾 哲 드림

주 :

영동수필문학회
강릉시 교1동 1759번지 하이빌 현대5 102-402
Tel : (033) 645-0994
2110-9124
박종철드림

춘천시 효자2동 182-5

김 남 석 회장님 귀하
200-242

### 賀 正

乙酉年 새해가 밝아오르있읍니다
새해에도 鶴巖 同志 내외분의 德勝
과 家内의 萬福을 祈求願 합니다
예나 지금 이나 變함 없으신 同志의 惠意
에 깊이 感謝하면서  이런 저런 事情
때문에 사람의 道理를 다하지 못하는
愚生을 너그러이 理解하여 주시기
바랍니다 하옵고 2002. 8. 22  生의
꼬友詩를 額子에 넣으시어 民友會 事務室에
걸어주신 惠情을 어이 잊으오리까. 永久不忘
하오리다  計劃하신일이 如意, 亨通 하
시기를 빌면서 이만 끝맞읍니다.

　　　　새해아침　　　 안영섭 印

金南哲 同志 에게

金同志、 그동안 玉体康寧 하시지요. 그리고
師母님과 宅內도 無故頃 하시기를 빕니다.
그러나 지난 4月末 警友會支部定期總会에 事情이
있어 參席하지 못 하엿음니다 만 金同志、
께서는 끝내 支部長 자리를 辞讓 하엿
드군요.  金同志、께서는 지난 数年間
財源不實、等 어려운 與件 가에서 우리 道
警友會를 良好 抱 하시여 他에 遜色이
없을만금 기틀을 마련 하시엿음니다
그過程에서 말할수 없는 苦惱를 恩耐
하시면서도 흔드름 없으신 마음으로
前現職間의 紐帶를 敦篤히 하시고
120万 警友의 久遠 한 親睦을 為해

178

애쓰신 金同志의 아름다운 발자취를
생각하는 中에   거리에 떠오르는 詩 한 首
를 적습니다.

　　踏雪野中去　不須胡亂行
　　今日我行跡，遂作後人程

"눈덮인 벌판을 거닐느라도
　　　　　　발걸음을 흐트르지말라
오늘 내가 남긴 발자국은  뒤따라
　　오는사람들의 이정표 가될것임으로"

金同志께서 잊어시는바와같이 白凡金九
先生께서 平生座右銘으로삼으 섰다는
西山大師의 詩句입니다.　　　以後
金同志의 뒤를따라 우리도그原道를友會
을  이끌어 가는 사람들은 金同志의

---

안영섭 선배님이 내가 경우회장을 그만둔 후에 서산대사의 시구를 말씀하시며 주신 편지
이다.

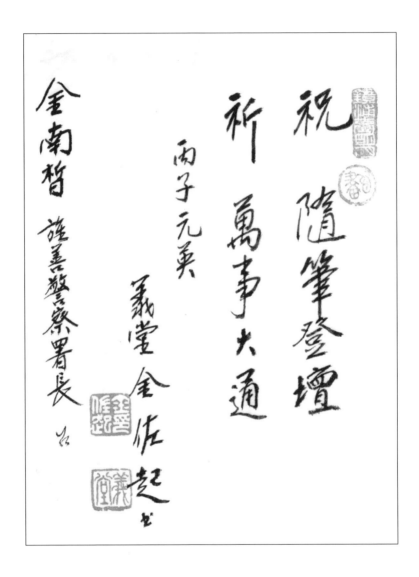

시조시인이며 서예가이신 김좌기 교장선생님이 문단등단 기념을 축하하는 붓글씨를 보내셨다.

謹賀新禧

心祝

歲乙平安

年和高堂

萬福

歲庚午元旦

金振伯

江原道 江陵市 松亭洞 대림맨션 1003號

義堂 金 佐 起

電話 : (0391) 652 - 5279
(0391) 653 - 5693

210-140

旌善警察署

金南哲 署長     貴下

私信        233 - 800

## 강원대학교 박창고 교수님의 손글씨 연하장 2편

그리고 一個 論同分野(細部)에서의 假定이 몇건의 誤謬가 포함되 있다는 것을 發見한 論文입니다. 앞으로도 계속 좋은 論文을 作成 할수 있으리, 강의 하고 연구할 분위기가 조성되 있지 않을것이 저에게 큰문제 입니다. 지난 中旬에 총장으로 부터 했다가 49:22 표로 낙선 됐습니다. 약 2年前 교수 휴게실(바둑 두는) 을 철폐 하자고 교수회의서 提議 했다가 50:19 표로 채택 되지 않았은 그 표가 그대로 나왔습니다. 당선된 사람은 每週 10時間의 강의만 끝나면 휴게실에서 바둑 두고 그리고 論文 하나 없는 두 敎授자격으로 있는 사람입니다. 정말 웃기는 세상 입니다. 第이런 처지에 "世界化" 라니 너무나 어처구니 없습니다. 항상 건강하시고 그리고 江原道 第一의 아니 韓國 中 1 의 警察 署長 님이 되실 것을 믿고 있습니다. 1995. 1. 3. 朴昌軍 올림.

지난해 베풀어주신 은혜에 깊이 감사드리며
새해에도 항상 건강하시기를 기원합니다.

*Holiday's Greetings and Best Wishes for
the New Year.*

보내 주신 年賀狀 감사히 받았습니다.
만 1年前에 美国地球物理學會誌에 제출했든 論文 에 이제
출판 하겠다는 약속 편지가 왔습니다. 時代에 앞선 새로운 것을 연구
했기 때문에 1年 이나 걸려 출판되게 됐습니다. 先進国의 大勢 고려서
가 좀 못됐고 많은 學者들의 연구결과 를 修正 해야 한 다는 것

사장님!
김사랑니다.
부디
꼭
다녀 왔으세요. 늘

이억 위하여
아스라 희망들이든
위하여
정의와 사랑과 평화
실어 주삼시다.

정선성당 김영진

# 월북한 가족의 민원을 처리해주고 받은 감사편지

강력계 계장님용

저는 계장님을 잊을수가 없습니다.

저의 거친 인생항로에서 좌절과 분노, 배신감에 대한

허탈감으로 망울하고 답답하기만 할때 계장님은 제게

새로운 희망을 주었습니다.

당하는 사람의 그통을 십분의 일이라도 변상해줄려는

의미에서 열심히 수사하였다는 계장님을 말씀.

그늘에서 고통받는자의 아픔을 분담하고저 하시는 인자하신

마음씨임에 감동되었고, 반듯이 물은 위에서 아래로

흐른다는 평민의 말씀과 앞으로 이웃에 덕을쌓고 열심히

살라는 격려의 말씀. 모두가 제가슴에 꽉 닿습니다.

모든 상직자가 계장님 같은분만 계시다면 이 사회는 훨씬

맑고 정의로저 범죄가 발붙일수 없지 못해 이런사건 간해도

애당초 일어나지도 않았을 겁니다.

그런저런 생각을 하며 그 감사한 표현을 하느러 찾아뵙고

싶고 또 전화라도 올리고 싶은 마음이리만

멋있는 공직생활을 하고 계시는분께 행여 누가 될까

주저하다 몇자굴월 올립니다

부디 건강하시고 신바람 나는 새해가 되시길 기원합니다

1912년 12월 2일

계장님께 감사한 마음을 갖고 살아가는

이 혜 숙 올림

# 광산촌 인연

존경하는 형님 전 상서.

오늘 오후는 새삼스럽게 한 사람을 찾고
지나온 세월을 더듬어보게 됩니다.

무척이나 어렵고 고통받고 지새운 생활들이
한순간에 떠오르면서 형님과 만남부터
지금까지 생각해보면 너무나 소홀히 했던 점과
무척 하였던 점을 지금도 밝히 변명하지 않겠습니다.
오늘 새삼스럽게 형님의 정년이 내년 7월이라는
말씀을 듣고 왠지 허전하고 허무한 생각이
들어 늙어갑니다. 저의 영원한 마음을 감겨두고
싶었습니다. 한평생을 살아가면서
저를 살아주신 부모님 키워주신 매형 누님
다음으로 형님의 은정과 보살핌에 저가
오늘에 있다고 늘 생각하고 싶고 있습니다.
형님의 정년이 저의 마음에 쓸쓸해지는
몇 십배의 허전함을 느끼시리라 생각해봅니다.
저 자신도 지금껏 살아오면서 때로는 당돌함과
때로는 오만 불손함이 있었고 때로는 지독하게
구두쇠 생활을 해오면서 갖은 욕을 먹고 살았지만
남에게 피해를 준것은 없었습니다.
큰 재산은 없지만 작은 근력이라도
보유하게 된것은 남모르는 조그마하는 성취감을

사북파출소장시절 광산촌 불량배로부터 보호를 요청해, 보호해 준 인연이며,
그 후에 인천으로 옮겨 살며 보낸 편지

DATE.                                             NO.

김남석 선생님 께 !

굵기 차게 내리던 빗줄기도 간밤에 멎는듯 하였습니다.
장마 철의 변덕스런 날씨에도 불구하고 지난 주말에 안목에
가서 회색빛으로 침체된 바다를 바라볼수 있었다는 것이
얼마나 즐거웠던지요.

선생님의 지나친 대접을 받고 무어라 감사의 말씀 드려야
할지, 지금도 괜한 부담을 안겨드린것만 같아 죄송스럽기만
합니다. 그러나 그 계기로 인해 우리는 한층 힘든 스러워
질수 있었으니 글을 통해서 얻어진 대가가 고마운 마음입
니다.

앞으로 수필인구는 점차 늘어나 우리 문학회원 들도 대
가족으로 불어날 것입니다. 강원의 수필인들이 일궈 놓은 터인
만큼 모두가 관심을 갖는다면 좋은 문학회로 발전할 것이라
믿습니다. 지난 세미나에는 첫 이미지가 흐려 질까봐
걱정을 했는데 그것이 오히려 모두에게 교훈을 준걸라였
을 것입니다. 말과 행동을 하는데 있어서 자칫 경솔해
질수 있다는 본보기가 되었을 것입니다.

졸작이지만 제 수필집을 보내드립니다.
춘천에 오시거든 꼭 은혜를 갚을 시간을 마련해
주십시요. 늘 건강 하시고 행복 하시기를 빕니다.
다시 감사 했음을 전합니다.

97. 7. 2.    A5 8mm - 21行 AR 351
춘천에서 朴鍾淑 드림

*Fragant times*
Flowers always plant seeds of love in my heart.

< 존경하는 김남석 선생님 께 >

　새해 벽두부터 영하 20도를 오르내리는 추위가
계속되더니 아직도 곳곳에서 이상기후 소식이 들려옵니다.
며칠전 선생님 모습을 뵙고 가슴이 덜컥 내려앉는
죄스러움과. 한편 건강하신 모습에 안도감이 들기도 했
습니다. 여러가지로 제 임기동안 열심히 협조해
주시고 도와주셨음에도 선생님께는 제 불찰로 상처를
드린듯 하여 무어라고 말씀드리기 송구스럽습니다.
　저는. 선생님을 뵙던날 춘천문협을 허문영 교수님
에게 이양했습니다. 임기동안 많은 어려움이 있었지만
시간은 쉼없이 흘러갔습니다. 무엇보다도. 춘천문학에
선생님 작품이 빠졌다는 것에 대해 저는 죄송하다는 말
밖에 할말이 없습니다. 물론 여러분들과 함께 교정도
보고 또 출판사와 함께 점검도 하고 했지만 책임자
라는 위치가 그렇게 무섭다는 것도 알게 되었습니다. 그런
단연코. 선생님을 고의적으로 뺄수야 있겠어요? 섭섭한
마음에 그런 말씀 하셨겠지만 만약 고의적이었다면 1차
점검 후 왜 작품독촉을 했겠어요. 끝까지 확인하지
못한 것이 제 실수였기에 천번 만번 사과를 드리는
것입니다. 그런 연속 착오가 있었다는 것은 선생님 입장
에선 도저히 이해가 되지 않는 일인줄도 알고 있습니다

*Fragant times*
Flowers always plant seeds of love in my heart.

그러나 저는 그때 당시 출판비를 충당하기 위해 세미나를 주선하고 행사 전반에 (보름 남기고 학정된 지원금으로 추진) 신경을 쓰느라고 선생님에 대한 신경을 쓰지 못했던 것이 불찰이 있습니다. 참으로 어떻게 사과를 드려야 할지……
출판사에서는 자기들 책임을 회피하기 위해 모든 자료를 출판하는 즉시 삭제 했다고 하니 선생님 작품을 메일로 받았는지 못 받았는지도 확인이 되지 않습니다.

선생님! 2년의 임기동안 선생님께는 정말 죄송했습니다. 저는 어제 까지도 턱에 닿는 일 감을 추스르느라고 정신없이 뛰었습니다. 정초부터 8건의 지원금 신청서를 내느라고 밤 두시가 넘어 잠이들곤 했습니다. 마침 후임자가 나타나 미련없이 책임을 넘겨주었지만 이런 오점이 남았네요. 새해에는, 결코 그런일이 없도록 고문으로서 조치하겠습니다. 모든 것을 이해해 주시고 용서해 주십시요. 정말 죄송합니다.

올해는 모든것을 벗어나 조용히 사색의 뜰을 거닐고 싶은 마음이지만 제대로 될런지 모르겠습니다. 그날은 마주 밝기가 송구스러워 인사도 못드렸습니다.

아무쪼록 올해는 더욱 건강하시고 좋은 작품 많이 쓰시는 한해되시길 빕니다. 그리고 항상 즐겁고 기쁜 일들만 만들어 가시길 빌면서 행복하시길 빕니다.
2010. 1. 25 일 박종숙 드림.

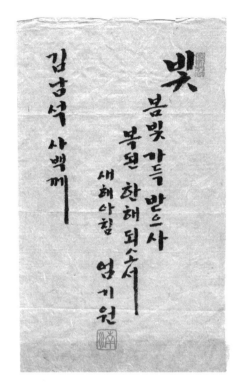

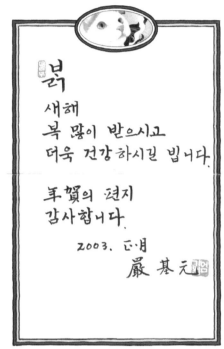

김남석 사백

복

근하신년·행복기원

희망의 새해
2016년은 기쁨과 웃음이 넘치는
복된 한 해 되시길 빕니다.
　　새해 아침
　　　　　엄기원 절

## 김경수 검사님의 연하장

2년의 춘천근무기간동안,
여러가지로 어렵고, 번거로운
일을 마다하지 않고 도와주신
것 깊이 감사드립니다.
과장님과의 많은 나이차이를
넘어서 진실로 믿음직스런
친구와 같은 신뢰를 느꼈습
니다.
춘천의 안정된 분위기가 과장님
의 사명감에 상당부분 연유한
것으로 생각하며, 형사계장,
최형사, 김봉수계장 에게 도
안부 전해 주십시오.
1.3.    김   경수 드림.

부산 고검장, 대구 고검장을 마치고 떠나실 때에도 문자로 소식을 주신 소탈한 검사님이
시다.

191

# 謹賀新年

21世紀의 開幕!
두 世紀를 사는 感懷가
새롭습니다.
貴下와 貴宅에
幸運과 萬福이 깃드시기를
頌祝합니다.
所願成就 하십시오.

**2001(辛巳)年 새해 아침**

圓潭 金 光 燮 合掌
　　　 김 　 광 　 섭

♣

韓國放送作家協會 會員
(1979 理事長 歷任)
韓國文人協會 會員
國際펜클럽 韓國本部 會員
韓國戲曲作家協會 運營委員
韓國推理作家協會 顧問
國際劇藝術協會(ITI) 韓國本部 會員
檀國文人會 理事
韓國藝術文化人法會 諮問委員
韓國警友文藝同好會 運營委員
安保研究同人會 同人
江信會 會員

연희던가?
江陵鏡浦에 계실때
金振壽가 있고
너속많 즐거운 時間을
지내게 배풀어 주신
일이 생각 납니다.

바라는 글에 貴할게 실린
陸筆 잘 읽었습
니다.

좋은해 되옵셔.

192

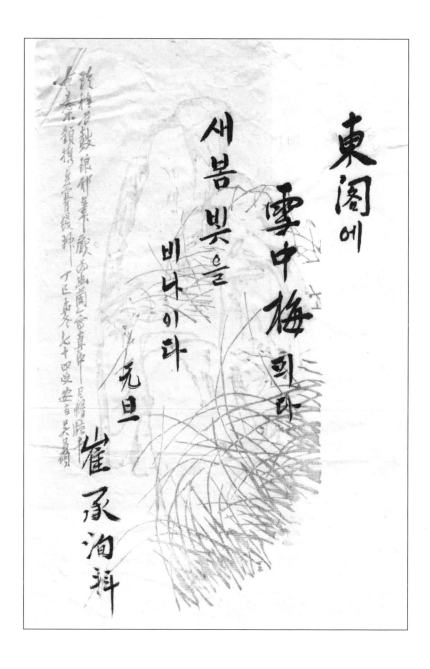

새해 복 많이 받으세요.

Happy New Year.

그리고,

새로운 세기와 천년에는

별처럼 빛나는

온갖 뜻 있는 일과 믿음이

모득 모득 한 묶음으로

거득 오서.

수짝새의 미소보다

더 그윽한 심성이신

선생님이고 보니

반드시

그럴 것이라 믿습니다.

금강산행을 잊지 못하는

안 재 진 드림

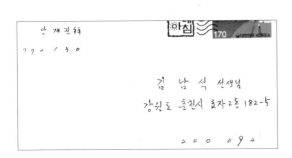

안재진 수필가님이 금강산 관광을 같이 한 후 새해에 보내준 연하장이다.

金先生님

|  |  |  |  |  |  |  |
|---|---|---|---|---|---|---|
| 그 | 날 | 넉넉한 | | 인품으로 | | 손을 |
| 흔들어 | | 주신 | | 선생님의 | | 향기를 |
| 가슴에 | | 묻고 | | 훌훌이 | 돌아 | 선 |
| 동해땅은 | | 오래도록 | | 잊지 | | 못할 |
| 것입니다. | | 즉시 | | 서신을 | | 올린다 |
| 는게 | | 사람 | | 사는게 | 그러하 | 듯 |
| 이런 | | 거런 | | 일에 | 쫓기다 | 보니 |
| 그만 | | 깜빡 | | 잊을 | 것 | 같습니다. |
| | 그런데 | | 막상 | 따뜻한 | | 정감이 |
| 그날 | | 죽장산 | | 법전에서 | | 바라본 |
| 붉은 | | 노을처럼 | | 깔려있는 | | 편지 |
| 와 | 잘 | 찍은 | | 사진을 | 받고 | 보 |
| 니 | 왠지 | | 사람 | 짓을 | 못한 | 것 |

197

| 갚 | 아 | | | 가 | 슴 | 마 | 저 | | 떨 | 리 | 는 | | 것 | | 갚 |
| 습 | 니 | 다. | | 참 | 으 | 로 | | | 좋 | 고 | 스 | 접 | 습 | 니 | 다. |
| 하 | 지 | 만 | | 어 | 쩌 | 겠 | 습 | 니 | 까. | | 가 | 슴 | | | 넓 |
| 은 | | 선 | 생 | 님 | 이 | | 계 | 시 | 기 | 에 | | | 저 | 갚 | 이 |
| 못 | 난 | | 사 | 람 | 은 | | 없 | 지 | | 않 | 겠 | 습 | 니 | 까. | |
| | 그 | 간 | | 별 | 고 | | 없 | 으 | 신 | 지 | 요. | | 사 | 물 | |
| 이 | | 움 | 직 | 이 | 면 | | 그 | 림 | 자 | 도 | | 따 | 라 | | |
| 흔 | 들 | 리 | 는 | | 것 | 처 | 럼 | | 역 | 시 | | 인 | 자 | 하 | |
| 고 | | 어 | 글 | 롭 | 게 | | 보 | 이 | 시 | 는 | | 사 | 모 | 님 | |
| 도 | | 안 | 녕 | 하 | 시 | 리 | 라 | | 믿 | 습 | 니 | 다. | | 더 | |
| 욱 | | 미 | 옥 | 한 | | 일 | 로 | | 그 | 날 | | 못 | 써 | | |
| 돌 | 아 | 서 | 기 | 가 | | 서 | 운 | 해 | | 이 | 층 | | 찻 | 집 | |
| 에 | 서 | | 한 | 가 | 론 | | 시 | 간 | 을 | | 보 | 낼 | 지 | 응 | |

데스크용

새로낡은 후텁지근한 차 속에서
오래도록 기다리셨으나 말입니
다. 그때는 불편은 있었지만
돌아오는 버스 속에서 비로서
실례했다는 생각이 들었습니다.
대신 정중히 사과를 드린다고
전해 주십시오.
　여하는 2번 여행길에는 즐
감상에 대한 나름의 감회도
있었지만 비록 짤짤이 이야기
를 나눴지만 선생님과 가까이
할 수 있었다는 것 여간 즐
거운 일이 아니었습니다. 같은

追伸: 사진 값을 올리려 생각했으나 뭔가
멋쩍은 생각이 들어 그냥 돈을 깎아 버렸습니다.
알지 하셨으면 합니다.

길을 걷는 문학인의 이창에서
도 그렇게만 마치 어른이 걸
위면 밝은 해가 웃는 것처럼
끝밀없는 선생님의 인품에서
흥기는 진계항 인생의 값기깊
은 것을 느꼈으나 말입니다.
비록 멀리 떨어져 있습니다만
항상 느끼며 기억할 것입니다.
　내내 건승하시고, 문운 역시
이 여름날 수목이 자라 듯
무성하시길 빕니다.
　　　　영계에서
　　　　안재진 올림

鶴岩 金南哲 署長 님께

歲月이 流水나 같는말 실감씨게은

金 署長 께어 古稀記念으로 出刊한 "산하골의 너두리"

잘맏았오, 내용도 재미 있고요 . . . .

나또한 지날해가 古稀 라서 江陵文化院 出講 教授들께

나에 古稀紀念으로 江陵鄉에 関한 詩歌文을 모아서 卌으로 묶어

그것이 있어 1 권 보내니 憲存 하여 주시기 바랍니다

鄭 鎬 敦 拜上

Seasons greetings
and Best Wishes for the New year

새해 福 많이 받으십시오

希望찬 丙戌年 새해 아침에 人事드립니다.
그 동안 여러모로 도와주시고 성원해 주신 德分에
江陵端午祭가 『유네스코』에서 선정하는
『인류구전 및 무형유산 걸작』으로 등록되는
榮光을 차지하게 됨에 깊이 感謝드립니다.
새해에도 변함없는 聲援을 바라며 貴 家庭에
健康과 幸運이 늘 함께 하시기를 祈願합니다.

**2006년 새해 아침**

江陵文化院長 鄭 鎬 敦 拜上

賀正

平素原意感謝

健勝·多福·幸運·祈願

丙戌 元旦

青鄕 崔昌吉

EU가 발행한 기네스북에 오른 고하윤 서예가님의 붓글씨 연하장

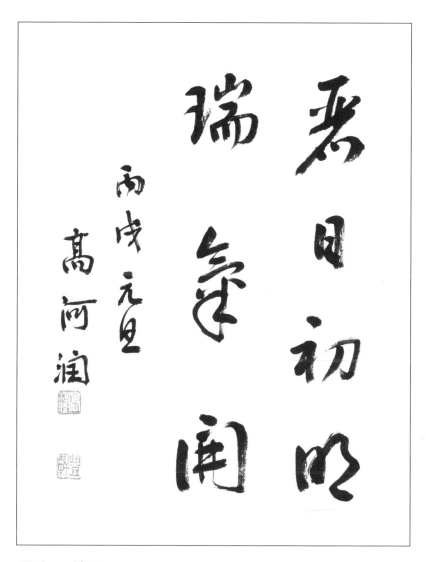

麗日初明 瑞氣開

받는 사람

춘천시 효자2동 백령로 85호

김 남 석 님.

24340.

정유년 새아침.

새해에도 항상건강 하시고

가내 만복이 깃드시길 기원합니다.

전 병 우 드림

시드니 올림픽에 한국을 빛낸 박동철 선배님의 연하장

구 영동고속도로 대관령정상에 '大關嶺' 이란 대형글씨도 박동철 선배의 필적이다.

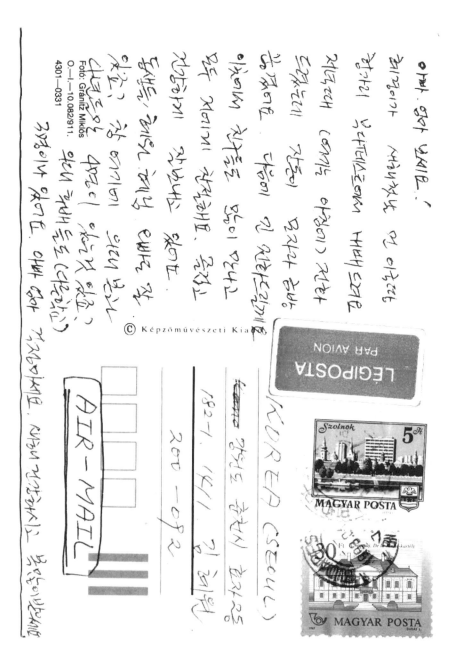

*Best Wishes for*
*A Merry Christmas and*
*A Happy New Year*

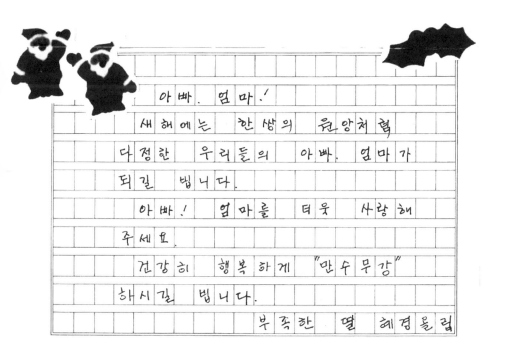

아빠. 엄마!

새해에는 한 쌍의 원앙처럼

다정한 우리들의 아빠. 엄마가

되길 빕니다.

아빠! 엄마를 더욱 사랑해

주세요.

건강히 행복하게 "만수무강"

하시길 빕니다.

부족한 딸 혜경 올림

## 둘째사위 한곽희의 편지

아버님, 어머님께

멀리서나마 두 분의 생신을 축하 드립니다.

부족한 모습을 너무 오래 보여 드려 송구스럽기 그지 없습니다.

하루 빨리 앞으로 나가는 모습을 보여 드릴 수 있도록 노력하겠습니다.

혜원이가 아버님의 수척해지신 모습을 보고 무척 가슴아파 합니다.

더 건강해지시길 바라며 기도하겠습니다.

저와 혜원, 영규 그리고 인규를 위해 기도해 주세요.

하나님 의지하고 살아가면 축복된 인생을 살아갈 수 있으리라 믿습니다.

아버님, 어머님 건강을 위해 계속 기도하겠습니다.

한 해 잘 마무리 하시고 새 해에는 하나님의 축복과 은혜 가운데

영육간에 강건해지길 기도드립니다.

부족한 둘째 사위 한 곽희 올림

엄마. 아빠 ♥

이번 설연휴에 못 뵙게 돼서. 아쉬운 마음에
대신 연하장 보내드려요.

시간이 너무나도 빠르게 지나서,
저도 올해 40대 중반의 나이가 됐네요.
제가 나이드는 시간만큼 우리 쌍둥이들
무럭무럭 나무처럼 쑥쑥 자라고 있어요.
엄마. 아빠.
항상 건강하시고,
올 한해에도 복된 일만 가득하시길 바래요.
항상 감사해요.
난 풀리면. 예쁜 애서. 예울이 데리고
밝은 모습으로 놀러갈께요.
건강하시고, 많이 웃는 한해되세요 ~
2017. 1. 26. 막내딸 드림.

209

## 손계천 선배님이 타계 전에 주신 한시

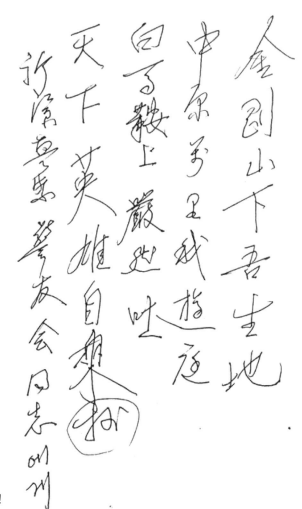

한시의 뜻

금강산 아래 태어나
중원만리는 나의 정원이었네!
백마안장에 호령할 때
천하 영웅이 절로 머리 숙였네!

강남 성심병원에 입원한 원로 대 선배 손계천씨가 위문간 강원도 경우회장인 나에게 병리검사로 말을 못함으로 종이와 펜을 달라고 하여, 즉석에서 강원도 경우회 동지 앞으로 써준 한시다.

## 의례적인 대통령의 연하장

희망찬 새해를 맞이하여 건강과
행운이 늘 함께 하시기를 축원합니다.

대통령 김 영 삼
손 명 순

94년에는 연말을 검소하게 보내기 지시와 연하장 안 보내기 지시가 있었으나, 95년에 대통령의 연하장을 받았다. 수신인 주소를 강원경찰청 정선경찰서로 기록하여야 함에도, 강원경찰국으로 기록했다. 청와대 참모진의 실수다.